紧急中的冥想
奥哈拉诗精选

Meditations In An Emergency
Selected Poems of Frank O'Hara

[美] 弗兰克·奥哈拉 著

李晖 译

北京联合出版公司

雅众文化 出品

译者序

弗兰克·奥哈拉（Frank O'Hara，1926—1966），美国作家、诗人、艺术评论家，他曾担任纽约现代艺术博物馆（MOMA）[1]副馆长，在纽约艺术界声望卓著。奥哈拉被认为是纽约派的领军人物，这是一个由艺术家、作家和音乐家组成的非正式团体，活跃于20世纪50、60年代，他们从爵士乐、超现实主义、抽象表现主义、行动绘画和当代前卫艺术运动中汲取灵感。

1926年3月27日，奥哈拉出生于美国马里兰州巴尔的摩，在马萨诸塞州长大，是他父母的非婚生子。1941年至1944年，奥哈拉在波士顿新英格兰音乐学院学习钢琴（奥哈拉一生都是一名优秀的钢琴演奏家，在会见新伙伴时，他常常会突然弹奏大段的拉赫玛尼诺夫，令他们感到震惊）。

---

[1] 现代艺术博物馆（Museum of Modern Art）是一座位于纽约曼哈顿中城的博物馆，也是世界上最杰出的现代艺术收藏地之一，简称为MOMA。（本书注释均为译者注）

第二次世界大战期间，奥哈拉在南太平洋和日本服役，是"尼古拉斯"号驱逐舰上的一名海军声呐兵。二战结束后，奥哈拉入读哈佛大学，主修作曲，深受当代音乐、视觉艺术的影响。艺术家兼作家爱德华·戈里（Edward Gorey）是他的室友，也是他的初恋。这期间他也写诗，并阅读兰波、马拉美、帕斯捷尔纳克、马雅可夫斯基以及勒韦尔迪（Pierre Reverdy）的作品，这些都是他最喜爱的诗人。在哈佛，奥哈拉遇到了约翰·阿什贝利（John Ashbery），并开始在《哈佛倡导者》（*The Harvard Advocate*）上发表诗歌。尽管奥哈拉热爱音乐，他还是换了专业，于1950年以英语学位从哈佛毕业，之后在密歇根大学安娜堡分校读研究生，1951年获硕士学位。那年秋天，奥哈拉搬进纽约的一套公寓。不久他便在MOMA前台工作。事实上，他一生都在MOMA供职，策划展览，为展览和巡展撰写介绍和目录。1966年7月24日凌晨，奥哈拉在火岛度假时，被一辆沙地越野车撞倒，第二天因肝脏破裂离世，终年四十岁。

奥哈拉早期的作品被认为既挑逗又富有挑衅意味。1952年，他的第一部诗集《一个城市的冬天及其他诗》（*A City Winter, and Other Poems*）在诗歌界引起关注；他关于绘画和雕塑的文章，以及他为《艺术新闻》（*ARTnews*）撰写的评论都被认为才华横溢。奥哈拉成为纽约派最耀眼的成员之一，其他重要成员包括约翰·阿什贝利、詹姆斯·斯凯勒（James Schuyler）和肯尼斯·科克（Kenneth Koch）。奥哈拉与画家拉里·里弗斯（Larry Rivers）、杰克逊·波洛克（Jackson Pollock）和贾斯珀·约翰斯（Jasper Johns）等人的交往，也成为他极富独创性的诗歌的灵感来源。这些人都是纽约派的倡导者。奥哈拉以极强的社交能力、激情和热情而闻名，他一生中拥有众多朋友和情人，其中许多来自纽约艺术界和诗歌界，因此被称为"画家中的诗人"[1]。

奥哈拉在艺术界很活跃，曾担任《艺术新闻》的评论员，1960年担任MOMA绘画和雕塑展览副馆长。他也是艺术家威廉·德·库宁（Willem de Kooning）、诺曼·布鲁姆（Norman Bluhm）和琼恩·米切尔（Joan Mitchell）的朋友。奥哈拉试图用文字来表现这些艺术家在画布上创造的效果。有些时候他甚至与画家们合作创作"诗-画"，即带有文字的绘画。本书所选《忧郁的早餐》一诗即是如此。作为纽约派的重要组成部分，奥哈拉的诗歌一定程度上也概括了纽约派画家们的构图哲学。

奥哈拉的诗歌在语气和内容上都非常个人化，诗人、评论家马克·多蒂（Mark Doty）说奥哈拉的诗歌"很都市化，具有讽刺意味，时而为由衷的快乐，大多极其有趣……取材和联想与学院式诗歌格格不入"。奥哈拉的朋友们都知道奥哈拉对待诗歌的态度是不屑的，认为诗歌只是在当下完成的东西。他在MOMA的办公室里，在午餐时间的街上，甚至在一个挤满了人的房间里，偶尔匆匆写下这些诗，然后将它们放进抽屉和纸盒里，大多数时候都被他遗忘了。

他的诗歌显示出抽象表现主义、超现实主义、俄罗斯诗

---

[1] "画家中的诗人"是美国当代著名女作家和诗歌评论家马乔里·佩洛夫对弗兰克·奥哈拉的评价。马乔里·佩洛夫的著作《弗兰克·奥哈拉：画家中的诗人》论述了奥哈拉诗歌、绘画、音乐完美融合的艺术人生。

歌及法国象征主义对他的影响。奥哈拉也受到威廉·卡洛斯·威廉斯（William Carlos Williams）的影响。马乔里·佩洛夫（Marjorie Perloff）在她的《弗兰克·奥哈拉：画家中间的诗人》（*Frank O'Hara*, *Poet among Painters*）一书中写道，他和威廉斯都使用日常语言，简单的语句以不规则的间隔分割（本书也收录威廉斯的两首代表作）。个别诗亦可见湖畔诗人对他的影响，如仿柯勒律治的诗作《给简，仿柯勒律治》一首（后附有柯氏的原作《爱》）。

奥哈拉生前出版的诗集有《一个城市的冬天及其他诗》（1951）、《橙色：田园12首》（1953）、《紧急中的冥想》（1957）、《第二大道》（1960）、《颂歌》（1960）、《午餐诗》（1964）和《情诗》（1965）。其中《紧急中的冥想》和《午餐诗》是奥哈拉最具独创性的两部诗集，是即兴的歌词、诙谐的谈话、新闻模仿和超现实主义意象的混融（本诗选包含这两部诗集的大部分篇目）。

翻译这本奥哈拉诗选，前后历时半年多，过程可说是愉快的，却又颇为不易。奥哈拉诗中特有的迷人的魅力、真情、艺术、诙谐、幽默……一种天生的"洋气"，聪明又好玩，令人时有与他交友结伴的幻想。奥哈拉不是经典型诗人，读他的诗，无须追寻深刻的意义或思想性，他不是、想必也不屑做一个形而上的诗人；但翻译他的诗，实在是信息量太大，人名地名、典故事件、俚语俗语、外语词句、拼贴式的节奏、扑朔迷离的意象、隐晦的表达……很多时候都是在浩如烟海的资料里摘取到一点所需的资料。在这里要特别感谢翻译家范静哗老师、青年汉学家梁道本老师，在翻译期间给予我的无私帮助，使我如期完成这本书。也感谢法语翻译家树才老师和日语翻译家陆沉老师提供的帮助。译事艰险，疏误或不当在所难免，望大家批评指正。

李晖

2019年8月于苏州

目 录

1 文学自传
2 被视作魔鬼情人的缪斯
4 诗（夜晚，中国人在亚洲……）
6 诗（我门上急切的字条上……）
7 今 天
8 阵亡将士纪念日 1950
11 V. R. 朗
13 一首安静的诗
14 黄色标签
15 由怀特海引发的愉悦思想
17 动 物
18 早 晨
21 一首嫉妒卡瓦尔康蒂的诗
22 一幅丽达的肖像
24 诗（我们去走一走……）
26 诗（吊床上常青藤在战栗……）
28 情 人
30 批评家
31 诗（要安静，唯一方法是……）
32 歌（我要去纽约了……）
34 一场咆哮
36 室内（和简）
37 约翰·阿什贝利寄来的明信片

- 39 一次田园对话
- 40 诗（我跑过雪地像一名年轻的沙皇王子……）
- 41 一首给简·弗莱里奇的十四行
- 42 看着《大碗岛》，沙皇再一次落泪
- 45 简醒着
- 47 1951
- 49 星期六下午的"灰烬"
- 51 街 区
- 53 走着去工作
- 54 在拉赫玛尼诺夫的生日（快！我从摇椅上起身……）
- 55 浪漫曲，或音乐系学生
- 58 同性恋
- 60 给简，仿柯勒律治
- 71 致一位诗人
- 74 坏脾气
- 75 在拉赫玛尼诺夫的生日（蓝窗户，蓝屋顶……）
- 77 颂 歌（公平观念或许是宝贵的……）
- 79 紧急中的冥想
- 82 马雅可夫斯基
- 85 （七月过去了，几乎没什么痕迹）

86 音 乐

88 致约翰·阿什贝利

89 奥哈拉物语诗两首

91 为格蕾丝，一次派对后

92 诗（我观看一个军械库……）

95 诗（在那里我永远无法成为一个男孩……）

97 致港务长

98 我的心

99 致危机中的电影业

102 在现代艺术博物馆看拉里·里弗斯的《华盛顿横渡特拉华河》

104 收音机

105 飞行中沉睡

107 诗（而明天上午八点在……）

108 诗（速溶咖啡里加少许酸奶油……）

109 对我感情的纪念

111 离他们一步之遥

114 题外话，关于《第一号，1948》

116 为何我不是一名画家

118 焦 虑

120 恋尸癖颂

121 诗（在一种隔绝中变得习惯……）

122 在火岛跟太阳交谈实录

126 致戈特弗里德·贝恩

128 英雄雕塑

129 忧郁的早餐

130 黛女士死的那天

133 歌（它脏吗……）

134 在琼恩家

136 再见，诺曼！午安，琼恩和让-保罗！

139 你美极了，我马上来

140 圣 人

142 诗（恨只是许多种反应之一……）

144 个人诗

147 张贴湖畔诗人歌谣

149 石油脑

152 诗（赫鲁晓夫来得正是时候……）

154 比某位早起（太阳）

156 诗（现在是本月27日……）

158 诗（我不知道你是否怀疑……）

160 诗（当我感到压抑或焦虑沉闷时……）

161 诗（假如神的手指将我们设计为……）

162 诗（那么多回声在我头脑里……）

164 诗（那不是生气的表情那是生命的迹象……）

166 A大道

168 既然我在马德里且能够思考

169　与你一起喝可乐

171　歌（我被困在路上在出租车里……）

172　五首诗

175　诗（O sole mio……）

176　歌（你看见我走过别克修理厂了吗……）

177　脚　步

180　万福玛利亚

182　按计划

183　玉米类

185　玛丽·德斯蒂的屁股

189　诗（布满软毛和噪声的双生球体……）

190　圣保罗及其他

192　散文小诗

194　莫扎特衬衫

196　锯形诗

198　昨天在运河边

199　玄言诗

200　拉娜·特纳崩溃了！

201　初学跳舞

203　为幸运饼干而作

206　幻想诗

文学自传

我小的时候
都自己玩,在校园里
某个角落,独自
一人。

我讨厌洋娃娃
讨厌游戏,动物们
不友好,鸟儿也
飞走了。

要是有人找我
我就躲在树后面
哭喊一句"我
是个孤儿"。

而现在我在这里,
一切美的中心!
写着这些诗!
你想!

被视作魔鬼情人的缪斯

一次在秋天,午夜时分
我大叫一声醒来,一盏灯

将整个床单都烧着了,
墙壁激动得喘着粗气!

一幅画掉落下来!一张拼贴画
剥离成一片森林地面!是

一名天使!我被邀请到一场蝴蝶
舞会了吗?它想出现在我的电影里?

它眨了下眼睛,拉起我的手:
"马克斯·恩斯特[1]等我们呢。""臭脾气!"

它嚷道。它耸了耸肩,无精打采
坐在了我的打字机上。灯灭了。

---

[1] 马克斯·恩斯特(Max Ernst,1891—1976),德国画家、雕塑家、平面艺术家、诗人。恩斯特是一位多产的艺术家,是达达主义和超现实主义运动的先驱。

"你在吃什么,美丽的斯芬克斯?"
咆哮着自黑暗中传来;宝贝儿!

我咕哝着把头蒙上,但一个
痛吻再次让我惊醒,伴着一句

"难道我不美吗,哦恶心?"我们
在灯光下跳舞,那天使和我,唱起

"所有蛇头似乎都向你冲去";
噢,我绝不让那个天使走!

但它认真地对我说:"我得去
买个面包。"我的双脚失明。

天使的声音欢快地叫道:"世间
有信仰、希望和慈善,但

其中最伟大的是训诫。我
是一名天使。去找奥尔唐丝![1]"

---

1 "去找奥尔唐丝!",此句出自法国19世纪象征派诗人兰波的《H》一诗。奥尔唐丝·波拿巴,荷兰王后。

诗

夜晚,中国人
在亚洲咚的一声跳

我们以我们任性
的方式,秘密地,

玩爱情游戏,膝盖
瘀伤像中国的鞋。

鸟儿们推苹果穿过
草地月亮变蓝,

苹果在我们臀部下方
滚动,像一片荒野

到处是中国灌木丛
冲出的中国画眉。

夜间我们做爱,鸟
在看不见的地方歌唱,

中国节奏敲击着
穿过我们的热烈,

苹果和鸟像温柔的
词语令我们触动,

我们在那神秘种族
的恩典中结合。

诗

我门上急切的字条上写着:"叫我,
你进来时叫我!"于是我迅速
将几个橘子扔进旅行袋,
撑了撑我的眼皮和肩膀,然后

径直朝门口走去。这时是秋天
当我到达拐角,哦,所有人
都显得事不关己或不知所措,
除了树叶比人行道上的草更明亮!

真是的,我想,灯亮到这么晚
大厅的门敞着;这个点还没睡,一个
像他这样的回力球冠军球员?哦,天!
不像话!这主人,也太热情了!而他

就在那个大厅里,平躺在一片顺楼梯
淌下来的血迹上。我这才明白。有哪个
主人准备迎接一个只是偶然邀请的
客人会如此彻底。这是几个月前的事。

今 天

噢！袋鼠，亮片，巧克力汽水！
你真是漂亮！珍珠，
口琴，软胶糖，阿司匹林！
所有他们不休的谈资
仍然为一首诗创造了惊喜！
这些东西每天伴随我们
甚至在滩头阵地或棺材上。它们
自有意义。它们强大如岩石。

阵亡将士纪念日 1950[1]

毕加索令我强悍和灵敏,还有这世界;
就像我窗外的悬铃木顷刻间
被一群创造者推倒。
一次他拿起了斧子大家都心烦至极
简直要去拼命,为那成堆的
垃圾。
 　　　　经历过整个手术我想
我有许多话要说,并命名了格特鲁德·斯泰因[2]
没时间命名的最后几样东西;但之后
战争结束,那些东西幸存了下来
即便那时你担心艺术没有词典。
马克斯·恩斯特告诉我们的。
 　　　　　　　　多少树和平底煎锅
我爱过又失去!《格尔尼卡》大喊着当心!
但我们都在忙着希望我们的眼睛
和保罗·克利[3]说话。我父母亲询问我

---

1 阵亡将士纪念日(Memorial Day),美国的一个联邦节日,为纪念美国军队服役期间牺牲的军人。1868到1970年间,阵亡将士纪念日定在5月30日,1971年以后改在5月的最后一个星期一。
2 格特鲁德·斯泰因(Gertrude Stein, 1874—1946),美国小说家、诗人、剧作家和艺术收藏家。
3 保罗·克利(Paul Klee, 1879—1940),瑞士画家,其风格受到表现主义、立体主义和超现实主义等运动的影响。

我从我的蓝色紧身裤里告诉他们
我们只应爱石头、大海和英雄人物。
没用的孩子！我要用棍棒抽你的小腿！
当长辈们进入我的廉价旅馆房间
摔坏我的吉他和我的蓝色颜料罐时我
并不感到吃惊。

    那时我们所有人开始思考
用空空的双手甚至用它们全部的
血液，我们由水平认识垂直，我们从来
不粉饰任何东西只想发现它怎样生存。
达达主义之父！你们粗糙而嶙峋的口袋
携带亮闪闪的拼装模型，你们慷慨大度
而它们如口香糖或花朵一般可爱！
谢谢你们！

    我们那些认为诗歌是废话
的人被奥登和兰波扼住了嘴巴
当，被某个强制的朱诺派来，我们试图
在他们的床上玩拼贴画或诵唱声部。
诗歌并没告诉我不要玩玩具
但唯独我永远想不通玩偶意味着
死亡。

    我们的责任并非在梦中开始，
尽管它们开始于床上。爱首先是
实用的一课。我听到污水在我洁白
明亮的马桶坐垫下高歌并知道
有朝一日它将抵达大海：

海鸥和箭鱼将发现它比一条河流更丰富。
而飞机是完美的移动物体,微风
不能左右它;在火焰中坠毁,向我们展示怎样
才叫挥霍。噢,鲍里斯·帕斯捷尔纳克,呼唤你
可能很愚蠢,乌拉尔[1]这么高,但你的声音
清洁我们的世界,对我们来说比医院更清朗:
你的声音高过工厂里雄心勃勃的漱口声。
诗歌和机器一样有用!
      看看我的房间。
吉他弦挂着图画。我不需要
钢琴做鸣奏,命名事物只是为了
制造事物。一辆机车比一架大提琴更为悦耳。
我穿着油布衣服阅读纪尧姆·阿波利奈尔[2]的
黏土烛台奏出的音乐。如今
我的父亲已去世并已发现看事物要
看其腹内,而非看其眼睛。要是他听了那些
让我们看眼睛的人,叫得像被卡住的猪就好了!

---

1 乌拉尔(Ural),俄罗斯境内的山脉。
2 纪尧姆·阿波利奈尔(Guillaume Apollinaire,1880—1918),法国诗人、剧作家、小说家、艺术评论家,20世纪早期最重要的诗人之一,是立体派最热情的捍卫者,也是超现实主义运动的鼻祖。代表作《醇酒集》《图画诗》。

V. R. 朗[1]

你那么严肃,仿佛
一座冰川在你耳边说话
或者你不得不穿过
基辅的大门
才能到起居室。

我担心是因为我
爱你。就好比我们活在
氢气里像喷雾器一样呼吸
还不够怪异,你还得
认为我是一名伟大的建筑师!

你帝王般徐徐飘过,在你的
自动扶梯上,平静,一位丛林女王。
想象那是一台蒸汽挖掘机。看着
有点不自在。但你又恢复了
自己,从你的脖子上扯下银珠子

---

[1] V. R. 朗,维奥莱特·兰妮·朗(Violet Ranney Lang,1924—1956),美国诗人、剧作家、演员,在波士顿长大,就读于芝加哥大学,二战时加入了加拿大妇女军。后担任《芝加哥评论》编辑,战后回到纽约,与纽约派诗人往来。朗是奥哈拉的密友,他许多诗中都有她的身影。

记住,俄罗斯复活节序曲里

充满兔子[1]。音调永远要高。

充满尊敬和荣誉和羊毛脂。噢,

欢欣吧,穿着粉红色亚麻骑上马背!

骑上马戴着你的银珠子,因为天下雨了。

1　邦妮(Bunny)是V. R. 朗的昵称,意思是小兔子。

一首安静的诗

当音乐离得足够远
眼皮往往不动

物象宁静如淡紫色
没有呼吸或冷漠的应答。

云这时被银色飞行器
隐隐然拖离

单想到这点,头脑就产生轰鸣
不可思议;马达的声音

像一枚硬币落向海底
而眼睛全然不眨

如看一枚硬币在烈日下上升
并划破附近的空气。现在,

慢慢地,心随着音乐呼吸
而硬币躺在潮湿的黄沙里。

黄色标签

今天,我从人行道
捡起一片树叶。
这似乎显得孩子气。

叶子啊,你这么大
怎么能改变你的
颜色,然后就落下呢!

就好像根本没有
气节这东西!

你太散漫了没法
回答我。我太担心
也不敢坚持。

叶子!别神经过敏
像那只小变色龙。

由怀特海引发的愉悦思想[1]

此时我在书桌前。
光线明亮足可用来
阅读,这是温暖
友好的一天我满怀
自信。我将一些诗
塞进那只鹈鹕的嘴里
然后它飞走了!消失
在窗外的蓝天里!

编辑甚是高兴,我
听见他嚷着要更多
但那算不了什么。呵!
阅读者!你打开书页
我的诗凝视着你你也
凝视它们,不是吗?我的
诗述说你眼睛的银色
你的眼睛将它们复述
给你爱人的眼睛
就在今夜。亮起的星星

---

[1] 阿尔弗雷德·诺思·怀特海(Alfred North Whitehead, 1861—1947),英国数学家、哲学家,过程哲学学派的创始人。

在你赤裸的肩膀上
阅读我的诗并将它们
闪现给一个朋友。

眼睛,世界之诗
都变了!鹈鹕啊!
你也会去读的!

动 物

你忘了我们过去什么样了吗
那时我们尚属一流
日子来得滋润,嘴里叼一只苹果

担心时间是没用的
但我们的确偷偷使了一些花招
转了几个急弯

整个牧场都像是我们的美餐
我们不需要测速仪
我们用冰块和水就调出鸡尾酒

我不会想比现在更快
或更青春假如你和我在一起,噢
你是我生命中最好的时光

早晨

我必须要告诉你
一直以来我有多爱你
我在与死神相伴的
灰色早晨想起它

在我口中　茶
永远不够热
香烟　枯燥无味
栗色长袍

令我感到冷
我需要你我望着
窗外无声的雪

夜晚的码头上
巴士像云彩一般
绚丽而我孤独地
想象长笛

我一直想念你
当我走向海边

沙滩湿湿的仿佛
浸透我的泪水

尽管我从不哭泣
而将你放在心里
以一种真正的
你引以为傲的幽默

停车场很拥挤
我站着钥匙咔嗒
作响车里空荡荡的
像一辆脚踏车

此刻你在干吗
在哪儿吃的午饭
是不是有许多
凤尾鱼

很难想象这句里
没有我的你
当你独自一人
你令我沮丧

昨夜繁星满天
而今天

雪是它们的名片
我并不会热心

没有什么分散我的
注意音乐仅是
一种填字游戏
你知道是怎样的吧

当你是唯一一名
乘客假如有个
地方离我更远
我请求你不要去

一首嫉妒卡瓦尔康蒂的诗[1]

噢!我的心,尽管在法语中
听起来更好,我必须用我的母语说

我被欲望折磨着。成为一个简单
优雅的省,只有我自己,圭多,

就像你,那就意味着我把头一甩,
一个眨眼,撞在最近的那块砖

在一节浅近而广大的诗中俘获一种
痛楚的幸福及所有它混沌的营养,呵

但我只是枯萎到泥土,我个人的
混乱,无力说出一个好的词语。

---

[1] 圭多·卡瓦尔康蒂(Guido Cavalcanti,1255—1300),意大利诗人和游吟歌手,也是一位智者,影响了他最好的朋友但丁。

一幅丽达的肖像 [1]

电影院是残忍的

像一场奇迹。

我们坐在昏暗的

室内,对这空旷的

白色空间无任何

要求只要它

保持纯粹。而它

不顾及我们突然

变黑了。不是

用握笔的手。

完全没任何

提示。我们自己

赤裸裸出现

在河岸上

伸展着翅膀而

那机器飞得

更近。我们尖叫

而嘀咕而起伏

1　丽达与天鹅是希腊神话中的一个故事,讲的是天神宙斯化身为天鹅引诱了凡间女子丽达,与之产生情爱。对这一主题的描绘,西方绘画中有许多版本。

而冲洗毛发！那
是我们的祈求还是
希望这一切
发生？哦这灯光
是什么，紧抓着
我们？我们
四肢加快甚至
在这只白眼睛下
显得丢脸
仿佛爱一个
影子或爱抚一种
伪装才是
真正的快乐！

诗

我们去走一走,你
和我,别管这
天气即便雨狂落在
    我们的脚尖

我们溜达着像两条贵宾犬
而后被冲下一条
巨大的风景优美的水沟
     那该有

多刺激!航行并不
都是像这样,你只要
把脚趾放在一起然后
     也许血液

会获得意义而我们玩着的
小把戏将变得微不足道
在我们驶入开阔的大海之前这是
    可能的——

而且风景会给我们

某种奇妙的帮助
当我们不安地顾盼于
　　　　彼此

诗

吊床上常青藤在战栗
天空是一种绝妙的粉红色
对着天,我跨坐在明亮的山丘上,
喊出"这是今天,我想!"

我周围有白色柱子
草丛中有隐藏的石头,
我的心悬想于"发现我了吗?
我就要回来了!"像一只朱顶雀的眉毛。

噢,一场五月暴涨的甜蜜神经症!
纯真的桨预期着大海变成白色!
那是你石头的泪水,我视作夜晚
我内心国际性里的一次潮落。

噢,我亲爱的雕塑公园,
我去阿拉斯加你难过了吗?
假如不是,我比一次勃起更难过
在阿拉斯加它拒绝硬起来。

落日正在往上爬我想

而我就要回来了
或者说回去，当我们的爱像墨汁一般耗尽
在这次漫长的游泳，这场心脏病之后。

情 人

他等待着,用他的吉他
逗弄一只夜莺,那也并非
没有许多麻烦。

他希望叫一声我们走吧!
可是,唉!还没有一个人
到来尽管这露水非常

适合告别。他悻悻然捶打他
多毛的胸膛!因为他是个
男人,坐忍着一种侮辱。

吝啬的月亮像一只小小的
讨人嫌的柠檬在无所不在的
哭泣的冷杉树上,假如

方圆十二英里之内
有一只天鹅,让我们
勒死它。我们,也很焦虑。

他和我们一样是男人,勃起

在这寒冷的黑夜。寂静
操弄他的吉他笨拙

如一条湿了的工装裤。
草上满是蛇的唾液。
他独自一人在群星间发烫。

假如没一个人奔向他,
迷人地顺着悬梯下来
奔向他大腿上坚实的灯,

我们就有麻烦了,摊开
双脚朝着太阳,我们的脸
在巨大的黑暗中越来越小。

批评家

我才不可能想起你
若非你是我果园

的刺客。你潜在
阴暗中,说长

论短就像当初夏娃
在阴茎和蛇之间

混乱。噢,要滑稽,
要愉快要保持温和!

别吓唬我你没必要!
我肯定永久活着。

诗

要安静,唯一方法是
快,所以我笨拙地
惊吓你,或突然间
戳你一下。一只
祈祷的螳螂比我更
深切地懂得时机,也
更随意。蟋蟀利用
时间伴奏无辜的
烦躁不安。斑马
按逆时针方向赛跑。
这一切我都渴求。
要以我的快和欢喜
加深你仿佛你
合乎逻辑且已经验证,
但还是要安静仿佛
我已经习惯你;仿佛
你永远不会离开我
是我自己时间的
不可避免的产物。

歌

我要去纽约了!
(美丽的云雀!美妙的歌声!)
坚固的落基山的边缘在那里
撞向大海。卫城的功用
在那里欣欣向荣,火车
奔跑而呼啸!书籍
有裤子和衣袖在身。

我要去纽约了!
(绝妙的旅行!举世无双)
远离伊普西兰蒂和弗林特[1]!
古德曼[2]在那里统治帝国
阳光的末世论
落在巫师的桥梁
和印刷品展馆之上!

我要去纽约了!

---

[1] 伊普西兰蒂(Ypsilanti)和弗林特(Flint),均为美国密歇根州城市。
[2] 保罗·古德曼(Paul Goodman,1911—1972),美国小说家、剧作家、诗人、文学评论家,著有长篇史诗小说《帝国之城》(*The Empire City*)。

（我的朋友啊！我的伙伴！）
我猜我终将走回西部。
但现在我已一去不返！
这城市挂满了手电筒！
渡船正解开它的背心！

一场咆哮

"你想要的我告诉过你"
我说,"你留给我的
我拿走了!别再站在
我的卧室周围让东西

哭泣!我不想砸
地板,或者扔苹果!
该死的收音机,让它
腐烂!我不会再一次

成为我自己床上的
怪兽!"好了。寂静
来得太容易;简直
令人窒息。墙上的画

无聊地来回摇摆
植物想象我们都在
特立尼达。我浑身
充满窗子。我跑到门口。

"回来,"我喊道,"等一下!

你落了你的新鞋。还有那咖啡壶是你的!"没传来脚步声。哇!终于解脱了!

室内（和简）[1]

对方的渴望成为我们
害怕做的事情

不能不让我们动摇　　是否
这意愿将成为我们

拒绝的一个动机？　　真正
愚钝的事物，我是说

一罐咖啡，一只35美分的
耳环，一撮头发，这些

对我们有何影响？　　我们
进到房间里，窗户

空空的，太阳在冰上
虚弱而站不稳　　然后

传来一声呜咽，就因为它
是我们所知事物中最冷的

---

[1] 简·弗莱里奇（Jane Freilicher，1924—2014），美国抽象表现主义画家，从20世纪50年代起，成为纽约派诗人和画家当中为数不多的女性成员之一。奥哈拉有多首诗与她有关。

约翰·阿什贝利寄来的明信片 [1]

多么好的消息！多漂亮的图画！
全然粉红色，金色，一幅
古典浪漫的法国式日落令人
心绪一变！而上面的字句
不由你浮想联翩——以其
转译，复兴，和世界语之
暗示：真正实在，圣言！
我们以什么样的智慧在一只
眼睛里复合"埃涅阿斯
向狄多讲述特洛伊城的不幸" [2]
（郊区的性和万千花朵，
那曾经是罗马！）和
"埃涅阿斯向狄多讲述
特洛伊城的不幸" [3]
（老生常谈，永恒的女性！）

---

1 约翰·阿什贝利（John Ashbery，1927—2017），美国纽约派诗人，1976年以其诗集《凸面镜中的自画像》（*Self-Portrait in a Convex Mirror*）获普利策奖。
2 "埃涅阿斯向狄多讲述特洛伊城的不幸"，此句诗原文为法语，是法国画家皮埃尔-纳西斯·盖兰（Pierre-Narcisse Guérin，1774—1833）于1815年创作的一幅油画作品，题材取自古希腊神话。
3 此句诗原文为德语。

及(黑蒜头,我们跳舞吧!
我们来跳舞,我的异国
情人!)"埃涅阿斯向狄多
讲述特洛伊城的不幸"[1]
紧接着又是一遍,
然而等等!或显得过多,
但就像循环于所有拉威尔[2]的
方丹戈舞[3]一般流光闪烁
"埃涅阿斯向狄多讲述
特洛伊城的不幸"[4]?(让我
跳舞!把你的手从我身上拿开!)
因为盖兰正想起摩尔人[5]
和该死的[6]!肉体总令人兴奋,
即便在经验主义绘画里!No?

---

1 此句诗原文为意大利语。
2 约瑟夫·莫里斯·拉威尔(Joseph Maurice Ravel,1875—1937),法国作曲家、钢琴家、指挥家。
3 方丹戈舞(fandango),一种活泼的西班牙情侣舞蹈。
4 此句诗原文为葡萄牙语。
5 摩尔人,亦称"西撒哈拉阿拉伯人"。指生活在撒哈拉沙漠西部地区的柏柏尔人后裔。近代欧洲人对非洲西北部地中海沿岸城市中的伊斯兰教徒的泛称。
6 诗中原文为葡萄牙语"Caramba"。

一次田园对话

树叶浓密地堆在那棵苍翠的树上
松鼠在树叶间奔窜,吱吱吱
笑它们的绿宝石雨滴;一只皮带扣
似一小片太阳令它们兴奋,他躺在那儿

漂浮在草丛里。它们对着他蹦跳,
疾蹿,在桅杆和边界草地之上
朝那对恋人撒野!最后她终于
醒来,轻轻叫醒他。他们跳舞。

"我爱你。它们毛茸茸的眼睛和羽毛
是为我们的财富,为一对遭遇海难,
在这海滨这森林走廊上热爱的情侣。

"我的手在你的裙子下找不到天气,
航海图。假如我的阴茎穿过危险的空气
上移,你会不会接受它,像接受一支火炬?"

诗

我跑过雪地像一名年轻的沙皇王子!
我的枪上了子弹而狼群伪装

成被逼上树的仙女指出父亲们
在地鼠洞躲藏之处。我对准

两眼间将他们射中!母亲们更难发现,
她们将自己变成葡萄架,景观,

和水坑,但我搜索那心脏
将她们射杀!然后我翻阅报纸

像茫茫寒冷中年轻,健壮的沙皇王子,
悬在空中的枪声诗歌般闪闪发亮。

一首给简·弗莱里奇的十四行

中午醒来，我嗅到飞机的气味
长途电话里干草疯狂地响
啊！一个人在床上真是悲惨
唉！那咔嗒声是什么？快点！哇哦！

天空在阴郁而灰白的甜美
云朵下旋转但仍居心叵测地
在我寂寞的被单外闪耀
哦接线员 81 号哪去了？今天

请给我那种气息比法贝热更亲切
你隐秘的权力接线员请借给
美丽的简吧，她的画像一块石头

是巨大的真实和寂静的冒险：
"费尔南多·莱热[1] 那幅大胆之作
比弗兰克更接近宇宙之骨"！

1　费尔南多·莱热（Fernand Léger, 1881—1955），法国画家、雕塑家，被称为立体主义中的机械派。他对现代题材的大胆简化处理，使他被视为波普艺术的先驱。

看着《大碗岛》，沙皇再一次落泪[1]

1

他在蓝色地毯上踱步。这时是夏末，
他阳光下最后的旅行。现在
他可以闭上眼睛仿佛它们是疲倦的花朵
对走廊，收藏品，树木全无责任感；
它们都在他的脸上，一幅凹凸不平的
肖像，刷了油漆的沙漠。他在哭。
仅仅几英尺远处，草是绿的，他看见的
地毯是草地；人们彼此接应
进出于那边的阴影，巧笑而体态匀称。

太阳留他一个人，大睁着眼睛，歇斯底里
因为雪，那炫目的床，那枪。"花，花，
花！"他冷笑起来，回声充满海绵般的树木。
毕竟，他不能走上那道墙。天窗
被封住了。为什么？因为季节改变，
因为房子翻修。他想知道，是否，
当音乐结束，他应该取下帘子，

---

[1] 指法国印象派画家乔治·修拉（Georges Seurat, 1859—1891）最著名的油画《大碗岛的星期天下午》，画中描绘了巴黎人在塞纳河边的一个岛上公园消夏的场景。

拿起地毯,加入在那里他的朋友们
在湖的附近,就在这儿这湖边上!
"噢我内心的朋友们!"他们将欢迎他
打着伞,有无花果胶糖,手制弹弓!
即便那张卡片是寄给别人的,皮维[1]
的悲伤的渔夫[2],即便他自己少有的
无知和人民暴躁的脾气,他还是要试试!

2

现在,他坐在一张棕色缎椅上,
为朋友们筹划一顿小餐。就这样!
从他的普尔曼小厨房升起的蒸汽
模糊了所有关于修拉,关于那湖,
那夏天的记忆;这些暂时都过去了,
消散于客人,烹饪用雪莉酒
和杜松子酒之外。这便是偶尔闲聊
和吃肉的滋味。但随着鸡尾酒
暖热他勇敢的内心,他任由
饭菜烧焦,眼睛大睁着带着
雨夹雪,就像那夏天的一场暴雨,

---

[1] 皮埃尔·皮维·德·夏凡纳(Pierre Puvis de Chavannes, 1824—1898),法国象征主义画家,他的作品对后世很多艺术家产生了影响。
[2] 指皮埃尔·皮维·德·夏凡纳的作品《贫穷的渔夫》。

那湖和那些声音！他步入
镜子，拒绝成为任何其他人，
而他的宾客们观看那海浪破碎。

3
他必须从冰宫发送一封电报，
尽管他知道农民们不识字：
"假如我发现这些树内心有知
我一定握着你的手。事实上，它们
将落满灰尘的手指伸向朦胧的天空，
而雪仰望着像一张被泪水弄脏
的脸。我是否应哭出来看看会发生什么？
可能只有一个陌生人在这风景中
游荡，寒冷，不幸，他自己，
在冰冷的眼睛里冻僵。"直率的君王。

简醒着

藏在你眼皮下的猫眼石
　　当你睡觉，你骑上小马
神秘地，跃然绽放
　　就像秋天的蓝色花朵

在每天九点钟。卷发
　　懒洋洋跌落向
打哈欠的橡皮筋，棕黄色，
　　你的手将所有狂乱的

黑色睡眠压成
　　宁静的日光形态
以及它明媚的漠视
　　对那光辉的漩涡，噢！

夜里我们俯冲穿过
　　小荷初绽的华尔兹。
黎明前你低吼
　　闭着眼睛，不说笑，

你火山般的肉体

对巡夜人隐藏一切，
而梦的卷须
　　　将跑过的警察勒死

他们太慢无法逃脱你，
　　　你迅疾而令人眩晕的
喃喃需求的波浪。但他
　　　是白昼的守护圣徒

那个警察，倾身在你
　　　敞开的窗口你问他
你该穿什么衣服适合
　　　梳什么样的头发，

因为那就是你现在的模式。
　　　只有当偶尔绊着了楼梯
你才重复那舞蹈，并且，
　　　只有在各种完美而

柔和，无可挑剔的伪装中，
　　　白黑粉蓝橙黄和金色
的气氛下，在恍惚中，我们
　　　才发现夜间的野蛮人。

1951

独自在夜里
在潮湿的城市

乡野的智慧
并不令人纪念。

风吹倒了
所有的树木,

但这些焦虑
仍旧勃起,成为

心灵对故意
伤害和恐惧的

内室,无论自
一座外观像钻石

的绿色公寓
还是一架表面像

野地的飞机。

不简陋也不整洁

尽管成一排排
被编了号;

缤纷的文字
缓缓漂移

头发被用桥梁
梳理,所有

的妥协跳跃向
明星和灯光。

假如只有我
能够爱它,

那严肃的声音
职业的恐慌,

对我来说是甜蜜的。
远离生机勃勃

的碧绿,艰难地
在这条街。

星期六下午的"灰烬"[1]

附近色彩凝滞的山丘上,机器
在暴露自己的陈腐:假如
我们是人类学家的一碟小菜,
为何会让这秋天的下午烦躁不安?

是因为你沉默。说话吧,如果说话
不因为你对风景的专注而感到
为难!要说得比星期天圣饼
和祈祷之后的呕吐更乖戾!

诗人何为,如果不是对
一切貌似的自相矛盾钦佩得
尖叫至一种疝痛:那吻,那
爆破,大教堂和抛锚在梦之山的

齐柏林飞艇?噢,不要在这
让人苦恼的假日沉默,这一周
就像一条溜沙滑道,一路没有工厂
或城堡倒塌:只有我暴躁而

---

[1] 灰烬(Ashes)是作者对诗人约翰·阿什贝利的昵称,此处或为双关意。

强健好斗的心。你,亲爱的诗人,
你对着花朵,厄勒克特拉[1],和照片
致辞,在不那么痛苦的时候,
务必将我从虚空的外部噪声中解救。

---

[1] 厄勒克特拉(Electra),希腊神话中,国王阿伽门农和王后克吕泰涅斯特拉的女儿。古希腊三大悲剧诗人之一索福克勒斯的经典剧作《厄勒克特拉》就是讲述她的。此处应指某件绘画作品中的形象。

街 区

1

好啊!她在港口内开枪!他正跳向
漩涡!她俯在巨人的泪车上,那泪水
像一座熔岩锥[1],从斗鸡眼张牙舞爪的
九年级孩子张开的拳头滚落而下
在水泥地上冻结!天国般的绝望中
他举起双臂,一个宽阔的Y——
他狂乱的爱情神经,像一株猩猩木
在它自己的指甲风暴里扑打积云的
玻璃门,制止她进入这神圣的
牧场,她将人的肉体当作石头来填充!
啊,致命的渴望!

2

哦男孩,他们的童年就像很多的燕麦饼干。
我需要你,你需要我,好吃,好吃。一会儿却突然变了

---
[1] 熔岩锥,或称熔岩丘,是由熔岩溢流凝结成的火山锥。

3
像一个人总丢失某种东西却从不知道是什么。
总是如此。他们是那么爱吃面包，黄油和
糖，他们是懒鬼，在上床之后老鼠们
常常舔食地板，卷起轻巧的尾巴翻动
咔嗒作响的弹珠。生机勃勃！那些在
孩子们多节的糖果棒里消耗，浪费，烟熏过的
葡萄糖。那青春痘！那种硬！那情绪化的爱情。
他们就这样成长，像咯咯笑的冷杉树。

走着去工作

从现在起将是光明
的一面。
    都出去吧,各位。
这是我整个夜晚的交通
而我
  要怎样施展我的骄傲
每一个海洋般的早晨像一艘快艇
假如我
   混淆这黑暗世界是圆的
围绕谁
   在我眼中在黎明从乌有人

解救虚无?我正在变成
街道。
   你爱恋的人是谁?
我?
  迎着光我径直穿行。

在拉赫玛尼诺夫的生日[1]

快!我从摇椅上起身之前
最后一首诗。噢拉赫玛尼诺夫!
昂塞特[2],马萨诸塞。是牛顿饼干
在吹短号吗?雷鸣般地狱的
窗户,你的隧道将破碎
成粉末?噢,我的橘子宫殿
旧货店,订书钉,赭土,黑陶;
我又回到了童年那时我真是
惨,一首拨奏曲。我放莱茵石,
悠悠球,木工铅笔,紫水晶,
海波,和竞选纽扣[3]的口袋
是乌烟瘴气的房间吗?在汤上
拉屎,让它烧。于是回来了。
你永远也不会头脑清醒。

---

1 谢尔盖·拉赫玛尼诺夫(Sergei Rachmaninoff,1873—1943),苏联作曲家、钢琴演奏家和指挥家。
2 昂塞特(Onset),马萨诸塞州韦勒姆镇的一个海边小村。
3 竞选纽扣是一种别针,用来作为选举期间支持(反对)候选人或政党的政治广告。政治纽扣的历史可追溯到乔治·华盛顿时期。在18世纪末和19世纪上半叶,竞选纽扣通常缝制在衣服上,现代样式的纽扣通常背面有别针,因此也被称为别针扣。

浪漫曲，或音乐系学生

1

雨，在你头皮上
微小的压力，像蚂蚁
经过烟草店的门。
"你好！"它们叫着，鼻子
亮晶晶。它们正哼着
切列普宁[1]的谐谑曲。
它们背着小提琴匣子。
它们用触角编织
它们头顶上的蓝空气；
它们出现在音乐学院门口
对着它涌溢出的蜜
"啊！"地叫了一声。
它们站在街上，听见
音乐学院门口的
牛奶顶上凝乳的漂动。

---

[1] 亚历山大·切列普宁（Alexander Nikolayevich Tcherepnin, 1899—1977），俄国作曲家、钢琴家。

2

它们以为自己在夏威夷

这时突然,那些松树

战栗着带着夜的充盈,

将它们从咝咝声中往外赶。

激浪中充满了舷外支架

竞赛如太阳眼睛里的

狭缝,这浪里却又充满

暴跌的巨大黑色圆木,

然后,浪中布满了尖针。

浪显得平淡而苍白,

如松树的白,此时,

在天堂,没有风吹起。

3

星期天下午在安娜堡

四点半他们去一场管风琴

演奏会:梅西安[1],欣德米特[2],车尔尼[3]。

一个伟大的声音在他们耳边说

---

[1] 奥利维尔·梅西安(Olivier Messiaen,1908—1992),法国作曲家、风琴演奏家及鸟类学家。
[2] 保罗·欣德米特(Paul Hindemith,1895—1963),德国作曲家、中提琴家、小提琴家和指挥家。
[3] 卡尔·车尔尼(Carl Czerny,1791—1857),捷克裔奥地利作曲家、钢琴演奏家。他的钢琴研究著作至今仍广泛应用于钢琴教学。

"要听到伟大的音乐,我们得委托
创作。要委托创作伟大的音乐
我们得有伟大的委员。"
一场轰鸣!然后夏天结束。

4
里恩齐[1]!一支兔子坐在树篱中!
它是一块褐色石头!是
十月!是一只橙色巴松管!
它们已在这山上站了
四十八小时毫不退缩。
好吧,我猜它们是士兵,
行军经过时非常壮观。

---

[1] 里恩齐,德国作曲家瓦格纳(Richard Wagner,1813—1883)早期的五幕歌剧《里恩齐》(*Rienzi*)中的人物名,剧本改编自作曲家爱德华·布尔沃-利顿(Edward Bulwer-Lytton)的同名小说,讲述的是14世纪中叶罗马护民官里恩齐的故事。

同性恋

所以我们要摘下面具,闭上嘴巴
是不是?就好像被人一眼刺穿!

一头老牛的歌声并不比一个人生病时
逃离他灵魂的蒸汽更富有判断力;

所以我拖着我周围的阴影像一缕烟
皱起我的眼睛仿佛在一部很长的歌剧的

最精彩时刻,然后我们离去!
未加责斥也不抱希望我们脆弱的双脚

将再次接触大地,更无须说"等着瞧"。
我要追究的是我自己声音的律法。

我开始像冰,我的手指到耳朵,耳朵
到我的心,雨中垃圾桶旁边那只骄傲的

野狗。以彻底的坦率来欣赏自己
盘点每一间公共厕所的优劣

是件很棒的事。十四街醉酒而轻信
五十三街想晃动一下但是太静了。好人们

热爱公园而拙劣的人爱好火车站,
有几只神猫在灰尘中拔高自己

沿一颗阿比西尼亚脑袋拉长的影子,
拖着它们长长的优雅的热空气的脚跟

叫唤着迷惑勇敢的人:"这是一个夏日,
而我比世界上任何别的东西都更想被人需要。"

给简,仿柯勒律治[1]

所有恐惧,所有怀疑,甚至模仿
我瘦长身躯的睡梦
被从我,和它们的尖叫声驱逐,
  只要一想到名声。

当我凝神而沉思,我经常如此,
再一次走过山间的空气
在那里,狂风突然间变得柔和
  因为那看不见的音乐,

或者在遥远的海上我再次捕捉
人类,城市和雨中的鲸鱼,
然而我不能认真去想我的末日
  狡黠而体贴的,微笑的简,

她不感觉天空是一座时钟
也不想大海要将我吞没

---

[1] 指柯勒律治的《爱》这首诗。S. T. 柯勒律治(Samuel Taylor Coleridge, 1772—1834),英国诗人、文学评论家、哲学家和神学家,和他的朋友威廉·华兹华斯(William Wordsworth, 1770—1850)同为英国浪漫主义运动的创始人。

即便她会感到孤单,惊惧,
　　　假如我真的淹死,再不能
看见她的笑脸,每当她送来
关切,悲伤就会远去,
除非我感到心痛
　　　因为她在那儿心事重重。

她认为我很忧郁,
我觉得她聪明又悲伤,
经常我自命不凡的愚蠢
　　　令我自觉惭愧而坏脾气

但从来不对她,从不对
"眉目低垂而端庄优雅"的简,
我能克制于名利的蓝色高地
　　　但受不了她闪烁忧郁的脸庞。

她纤细的手从床单移动到
电话的途中所达到的
比全身着火的盾牌骑士承受的更多,
　　　对骨头的钝击或削砍。

我从来不告诉她这点
因为,羞愧远比将诗歌
裹进浪漫的纱布或者做愚蠢的

产前航行更为致命。

我茫然无措,在战争中,
假如我曾有一次机会将此
遗忘在铁甲板上,我的星星:
　　我跨步向前,却重若千钧。

但我要掌控我的船舰
不只是做一名船员!
尽管她可能认为我会
　　陷入疯狂或者忧郁,

我不会,因为每一天
我越来越学会掌控自己,
有时我从狂野的海岸
　　跳进浪涛中游开,

有时在我愠怒的脸上我看见
一张青春阳光的面容
我在甲板障碍物戳向我的
　　空间之上奋力向它靠近。

假如那是她的脸,我的天,牢牢
抓住,决不放弃或鄙视!
这艘船最终将属于我,

就像我的生命追随着简。

在南方，我不知道我如何
用口中的盐和莫扎特
设法让自己满足
　　像太平洋上的一处暗礁

拥堵而孤独而无可抵达，
那低低的云和淡淡的月亮，
低如天堂，驯良如
　　六月里基督的教义，

或在我成长的新英格兰，我既想
战斗又想逃跑之地，我怎样
茁壮生存，没有她总在我面前
　　亲密的视线，我的海景图；

因为随着战争，艺术，消耗，
引导我，让我理智清醒，
我发现一个甜蜜的感觉的世界
　　此时正引领我，那就是简。

她是我湖上的女士[1]，

1　"湖上的女士"原是英国中世纪文学和传说中与亚瑟王有关的一名漂亮的女巫。

我污浊生命里的百合，
我内心的恨，因为她，
　　消散一空，像一支横笛

经常演奏，但是她听不见
也无须惊扰她的宁静，
相反，却因此惹人爱怜，
　　她魅力的极致。

她的胸部，那柔软的战利品，
从未在一个隐蔽的海湾里见过，
只有阿尔比恩[1]的女儿们纯粹的
　　意识中的美日渐消逝；

她将世界半含在她的眼睛，
她走动有如清风乍起，
她观看四处天空的动静
　　仿佛她要去任何地方。

"那部分是爱，部分是害怕，
部分是一门羞怯的艺术"[2]——
诗人不可指望接近
　　她内心那神秘的澄明；

1　阿尔比恩（Albion），英格兰的雅称。
2　借自柯勒律治诗歌《爱》中的句子。

她不危险也不罕见,
冒险领先她像一列火车,
她的美很普通, 如太阳或
  空气悄悄靠近, 就像简。

附:S.T.柯勒律治诗歌《爱》

爱

所有心思,所有激情,所有快乐,
无论何种激扰这凡俗之躯,
都只是爱的臣仆,
    供养他的圣火。

经常在醒时的梦中
我反复重温那幸福时刻,
那时在半山腰,躺在
    荒废的高塔旁。

月光静悄悄洒落下来
与夜晚的光亮交融;
而她在那里,我的希望,我的欢喜,
    我自己的亲爱的吉纳维芙!

她倚着那手持武器的人,
一尊武装骑士的雕像:
她站着听我弹竖琴

    在流连不绝的光里。

她自己没什么忧愁,
我的希望,我的欢乐,我的吉纳维芙!
她最爱我,每当我唱那些

    令她悲伤的歌曲。

我弹一支柔和忧郁的曲调,
唱一个古老动人的故事——
一首质朴的老歌,与苍凉

    荒芜的废墟相称。

她听着脸上飞起红晕,
眼眉低垂而端庄优雅;
因为她清楚,我无法选择

    只能盯着她的脸庞。

我跟她讲那骑士,讲他
盾牌上燃烧的烙印;
讲他用漫长的十年追求

    那地方的一名贵妇。

我跟她讲他如何憔悴：而我，啊！
用深情，低沉，恳求的语气
我唱出别人的爱，诠释
    我自己的心意。

她听了脸上飞起红晕，
眼眉低垂而端庄谦逊；
她没有怪我——在她脸颊上
    过于柔情的注视！

但当我讲起那残酷的
嘲弄，令这位勇敢可爱的
骑士发疯，不停地穿越山林
    白天黑夜都不歇息；

有时自荒野的巢穴，
有时自幽暗的阴影，
有时突然出现在阳光下
    绿色的林间空地，

接着一位美丽而光明的
天使出现，凝视着他的脸；
而他知道那是一个恶魔，
    我们悲惨的骑士！

而且,不知道自己在做什么,
他跳进一群杀人强盗中间
从比死更恶劣的暴行中
　　　　救出了那位贵妇;

她泣不成声,紧抱着他的膝盖;
她对他百般呵护也是徒劳;
她尽力弥补,为曾使他
　　　　大脑发疯的嘲讽:

她在一个山洞里照料他,
他的疯病竟然消失了,
这时他躺在枯黄的落叶上,
　　　　一个就要死去的人;

临终前他说:——但当我到达
全曲中最扣人心弦的一段,
我颤抖的声音和停顿的竖琴。
　　　　惊扰了她怀着悲悯的灵魂!

所有心灵与感官的冲动,
令我淳朴的吉纳维芙颤抖;
那音乐,和那忧伤的传说,
　　　　那富饶而又芬芳的夜;

而希望,和激起希望的忧虑,
一种莫名的百感交集!
长久克制的温柔愿望,
    克制又满怀着期待!

她因为怜悯和喜悦流泪,
因爱情和少女的羞怯脸红,
而且,像一场梦的呢喃,
    我听见她唤出我的名字。

她胸口起伏——走到了一边;
察觉到我的注视她蹒跚了一下——
接着突然,带着怯懦的眼神
    她躲避到我的身边哭泣。

她两只手臂半绕着我,
将我紧贴在她温柔的怀抱;
接着她向后仰起脑袋,
    脉脉凝视我的脸颊。

那部分是爱,部分是害怕,
部分是一门羞怯的艺术
或许我宁愿感受,而非看见
    她内心那升涨的波浪。

我安抚她的泪水;接着她平静下来,
带着纯洁的骄傲吐露她的爱意。
于是我赢得我的吉纳维芙,
 我的欢快而美妙的新娘!

致一位诗人

我清醒而勤勉
一时间会显得平常
乃至平庸
   直到我洛可可式的
自我更确定它的
区别性。
   所以你不喜欢
写在俄罗斯小说书页上
我的新诗,而我对一种
有秩序的童年也并非
耿耿于怀?
   你生气
因为我看见那白发苍苍的
画家的天赋比你气质中
结结巴巴的
    活泼
更漂亮。而且是的,
这在我们之间越来越变成
一个黑还是白的问题

而当医生[1]来找我时

他说"不要事物,只在

观念中"[2],也可能

是在公共广场上

    无意间听到的,

现在我从沙发上起来了。

附:威廉·卡洛斯·威廉斯诗两首

且当一首歌

让蛇在它的杂草下

等待

让写作

成为言辞,敏锐或迂缓,

犀利出击,安静等候,

不眠不休。

——借隐喻来调和

---

[1] 指美国诗人威廉·卡洛斯·威廉斯(William Carlos Williams, 1883—1963)。威廉斯终生是一名医生。1963年获普利策诗歌奖。

[2] 威廉斯的《且当一首歌》(A Sort of a Song)一诗中有"不要观念,只在事物中"(No ideas but in things)一句,并在《帕特森》(Paterson)一诗中反复出现,与奥哈拉此诗中的"不要事物,只在观念中"有所不同。

人与石头。
构造。(不要观念,
只在事物中)发明!
虎耳草是我的花,能劈开
岩石。

便 条

我吃掉了
放在
冰箱里的
梅子
那可能
是你
留着
当早餐的
原谅我
它们真好吃
那么甜
又那么凉

坏脾气

我对事情了解得
太多,我接收
太多,就好像
呕吐。我靠了解
诸多有关别人的
事情及他们的所为
这种卑鄙
营养我自己,
并接受许多我
我厌恶的东西
就好像我不知道
那是什么,对我来说
而那对他们来说是什么
我知道,也厌恶。

在拉赫玛尼诺夫的生日

蓝窗户,蓝屋顶,

雨的蓝光,

这些拉赫马尼诺夫的乐句

连续灌进我浩瀚的耳中

泪水落进我的盲目

因为没有他我就不弹,

尤其下午

他生日这天。幸运

的是,你将作为我的老师

而我是你唯一的学生

我总是会再弹一遍。

没有阳光的下午,李斯特[1]

和斯克里亚宾[2]的秘密

在键盘上对我低语!并仍在我

狂暴的内心生长。

---

1 弗朗茨·李斯特(Franz Liszt,1811—1886),匈牙利钢琴家、作曲家。
2 亚历山大·尼古拉耶维奇·斯克里亚宾(Alexander Nikolayevich Scriabin,1872—1915),俄罗斯钢琴家、作曲家。

当我弹奏时只有我的眼睛是蓝色
而你轻敲我的关节,
全俄罗斯人最亲切的父亲,
温柔地将我的手指
放在你冰凉,疲倦的眼睛上。

颂 歌

　　　　公平观念或许是宝贵的，
　　　　　一种至关重要的社交娱乐……

是什么把你逗乐了？一场危机
就好像工资单上被放了一头奶牛
附带随之而来的调查和猜测？
铁轨上的粪你打扫了吗？
　　　　我是一扇门？
假如数百万的人指责你喝得太多，
那头牛看着就会像维纳斯而你就会调情
是的，你和你高中时的朋友，
那个打篮球的当他用一只手
捡起球时他的眼睛比你黑
　　　　但他也不怀疑？

　　　为了平等？那是最糟的！
　　　　我们仅仅是一时糊涂？
不，你得像对狐狸一样对我；或者，做一个孩子，
杀死那只黄鹂即便它让你想起我。
这样你就成为事物的创始者。女人们
　　　联合起来反对你。

就好比我肩膀上扛着一匹马
而我看不见他的脸。他的铁腿
在我的两边垂到地上
如华盛顿广场的凯旋门。
我想和他一起揍一个人但我没法将他
从我肩膀上放下,他就像是傍晚

傍晚啊!你的微风是一道屏障,
　　　它改变我,我被羁留着,
　　　而假如我嘲弄你是一张脸
且令人恶心,把马扔下去——呀!那就是他的脸!
而我,抽泣着,随心所欲地走。

　　　我想把你的手从我屁股上拿开
　　　将它们放在一座雕像的臀部;

然后我才能认真看待你对我感情的公平,
并且,改变着,将我自己对你的爱
视为美丽。我永远不欺骗你说"那是必然!"
　　　那只是自然而然。
　　　但我们一起经历过
像两艘驶离舰队的战船
我为你诸多的才智所感动
而有时,返回中,我变成了海——
爱恋于你的速度,你的重量和呼吸。

紧急中的冥想

我将变得放荡，好像我是一名金发女郎？或耽于宗教，就好像我是法国人？

每一次心碎都让我感到自己更喜欢冒险（同样的名字在那张冗长的名单上反复出现！），但总有一天再也没有什么值得去冒险。

为什么我应该分享你？为什么你不试着摆脱别人改变一下？

我是最不难相处的人。我所想要的是无尽的爱。

连树都晓得我！天哪，我也受它们管，是不是？我就像一堆树叶。

然而，我从不因为那些对田园生活的赞美而郁闷，也不因对牧场上胡作非为的无知过去的怀念而烦心。不。一个人从不需要走出纽约的边界去寻得他所想要的绿意——我甚至没法享受一片草叶除非我知道附近有地铁，或一家唱片店或人们并不完全后悔生活的其他一些迹象。更重要的是要肯定那些最无心的；看样子云获得了足够的关注即便它们继续飘过。它们可知道自己正错过什么？嗯哼。

我的眼睛是含混的蓝色，像天空，随时都在变；它们没有分别但飘忽不定，全然明确又显得不忠，所以没有人信任我。我总是转移视线。或在别人放弃我之后我又转向他。这令我焦躁不安也让我很不开心，但我没法让它们保持不动。要是我有灰、绿、黑、棕或黄色眼睛就好了；我会待在家里做些事情。不是说我好奇。相反，我很无聊，但专注是我的本分，事情需要我就像天空必须在大地之上。而且最近，它们的焦虑变得如此严重，我可以让自己少睡一会。

现在只有一个男人我情愿在他没刮胡子的时候吻他。异性恋！你正在不可阻挡地接近。（怎样做最能让她气馁？）

圣塞拉皮恩[1]，我将自己裹在你的白袍子里，它就像陀思妥耶夫斯基笔下的午夜。我要怎样成为一个传奇，亲爱的？我尝试过爱情，但那会将你束缚在另一个人的怀抱，而我总是要从中跳出来，像一朵莲花——那种总是要绽放的狂喜！（但一个人切不可被它分心！）或者像一株风信子，"要远离生活中

---

[1] 圣塞拉皮恩（Saint Serapion，1179—1240），爱尔兰修士，1196年参加第三次十字军东征，曾将基督徒士兵裹在他的白袍子里从摩尔人手中救出。西班牙画家弗朗西斯科·德·祖巴兰（Francisco de Zurbarán，1598—1664）的油画《圣塞拉皮恩》描绘的便是圣塞拉皮恩身着白袍殉难的形象。

的污秽",是的,甚至在内心,污秽也会被注入,继而诽谤而玷污而判定。我奉行我的意志,即便我可能因为在那个部门,那座温室里一种神秘的空虚而出名。

毁掉你自己,假如你不知道!

漂亮简单;表现得漂亮却很难。我钦佩你,亲爱的,为你设下的陷阱。那就像没人读的最后一章,因为情节已经结束。

"范妮·布朗跑掉了——慌里慌张跟一名骑兵少尉;我真喜欢那个小骚货!希望她会快乐,虽然她这招也让我有点儿恼火。——可怜的傻瓜萨基娜!或者 F. B.[1],就像我们以前叫她的那样——我希望她挨一顿好鞭子外加一万英镑。"——斯雷尔夫人[2]

我得离开这里。我选了一条披肩和我最脏的土黄色军服。我还会回来,我将再次出现,灰溜溜,从那道山谷;你不想让我去你去的地方,所以我去你不想让我去的地方。现在才下午,时间还很多。楼下不会有任何邮件。我一边扭动,往锁眼吐唾沫,旋钮就转了。

---

[1] F. B. 是范妮·布朗(Fanny Brown)的简称。
[2] 赫斯特·林奇·斯雷尔(Hester Lynch Thrale,1741—1821),威尔士裔女作家、艺术赞助人。

马雅可夫斯基[1]

1
我的心在战栗!
我站在浴缸里哭。
妈妈,妈妈
我是谁?哪怕他

回来一次,
亲吻我的脸,
粗糙的头发擦着我
的太阳穴,它在跳动!

然后我会穿上衣服
走在街上,我猜。

2
我爱你,我爱你,
但我转向我的诗句
我的心在关闭

---

[1] 弗拉基米尔·马雅可夫斯基(Vladimir Mayakovsky, 1893—1930),苏联诗人、剧作家。

像一只拳头。

词语！生病吧！
像我一样生病，晕厥，
翻白眼，一座水池，

而我将低下头
凝视我受伤的美
那顶多是一种为诗歌
的天赋。

无法被取悦，无法迷惑或赢得
好一个诗人！
这清澈的水面上

满是血腥的气息。
我拥抱一朵云，
但当我高飞时
它却下雨了。

3
真滑稽！我的胸口有血迹
哦是的，我一直搬砖头
——破得可真是地方！

而现在，雨下在臭椿树上
当我走出来到窗台
下面的小道一片迷离
白花花的，有种奔涌的激情
我跳进树叶，碧绿如大海

4
现在，我静静地
等待我个性的惨败
再次显现美丽
而有趣，而时髦。

乡间的树木是灰色
或者褐色或白色，
积雪和一直衰减的
笑声的天空，不那么有趣
不只更暗淡，不只是灰。

这可能是一年中最冷的
一天，他怎么想的呢？我
是说，我怎么想的？假如我想得出
或许我又成为我自己了。

(七月过去了,几乎没什么痕迹)

七月过去了,几乎没什么痕迹,
尽管巴士底狱曾倒在它的脸上——[1]

而八月变成了橙色,将掉落在
世界的边缘像一只被虫蛀过的太阳。

树正脱掉它们的叶子。因此
街道的纯粹就要到来,低低的,

披着白色的波浪。夏天我很好,晒得黝黑,
所以冬天,我不会错过你潮湿的

暴风雨的冲击。然后是我泳裤里海浪
留下的沙子;现在,雪填满了我的围巾。

---

[1] 1789年7月14日,巴士底狱被起来反对法国王室专制的巴黎市民摧毁。

音　乐

　　假如我在马术场附近休息一会儿
在五月花号商店停下来买一份肝脏香肠三明治，
那天使似乎正在将马牵进波格多夫[1]
而我赤贫如一块桌布，神经嗡嗡作响。
接近于对战争的恐惧和已经消失的星星。
我手头只有 35 美分，压根别想吃！
水一阵阵喷洒上绿叶盆景
像一架玻璃钢琴的槌子。假如你觉得
我的嘴唇在世界的绿叶下呈淡紫色，

　　我就得勒紧裤腰带了。
就像行进中的火车头，这困厄

　　和清醒的季节
我的门向隆冬的傍晚
报纸上轻轻飘落的雪花敞开。
将我裹在你的手绢里吧像一滴泪，午后的
喇叭声！在这起雾的秋天。
当他们在公园大道上搭起圣诞树
我将看到我的白日梦和裹着毯子的狗一起走过，

---

[1] 波格多夫·古德曼（Bergdorf Goodman Inc.），一家豪华百货公司，总部位于纽约市曼哈顿中城区第五大道。

在所有那些彩灯亮起来之前先找点事情做!
  但不再有喷泉也不再有雨,
  商店的门开到很晚。

致约翰·阿什贝利

我没法相信没有另一个
世界,供我们坐在
高山之上,在风中
向彼此朗读新诗。你
可能是杜甫。我便是白居易
猴子女士[1]将在月亮里
对我们不合身的脑袋微笑
而我们看白雪停在一根树枝。
或者我们将真的消逝?这
不是我年轻时看见的青草!
而假如月亮,今晚,当它
升起,是空的——一个不好的征兆,
意味着"你凋谢,像那花朵"。

---

[1] 此处应是作者将孙悟空与嫦娥混淆了。

奥哈拉物语诗两首

1
我的爱将在一杯
波旁王朝的血液[1]中来临

萨克斯风或者短号
管它在哪里?

肯塔基州的绿色玻璃花

而且总是同样的手帕
在同样的锦缎鼻子

翻起我奢侈的衣领
将围巾甩在脖子上

京都无尽纯粹的波德莱尔
他脑子裂缝了吗?

---
1 指波旁威士忌。

2
一趟漫长的神社之旅后
穿木屐肌肉太受罪了

茶是苦的乳房是硬的
一大块平台为一个傍晚

再也不会没有海洋了
我不去看我高跷下的大海
当我一路戳过去
手在脚踝上脚在手腕上
思想中赤裸着
像一条用最透明的丝袜做的鞭子
开着收音机吞吐着香烟
享受在泥塘里打滚的乐趣
一些人将银河系称为
树木之上难以企及的西方乐土
滑稽的骷髅的居住地

为格蕾丝,一次派对后[1]

你并不总是知道我的感受。
昨晚在温和的春天的空气里
当我对着某个我不感兴趣的人
大加
  抨击,那是对你的爱引发了
我的火气,
    不觉得奇怪吗?在满是陌生人
的房间里我最敏感的情绪
      翻滚
并结出尖叫的果实。把手伸出来,
没有
  烟灰缸吗?突然,那儿?在
床边?然后某个你爱的人进了房间
说你不想吃
    鸡蛋吗今天有点
不一样?
    等到上来时不过是
普通的炒鸡蛋而温暖的天气
正在继续。

---

[1] 格蕾丝·哈蒂根(Grace Hartigan,1922—2008),美国抽象表现主义画家,纽约派成员。

诗

我观看一个军械库梳理它的青铜砖
天上有白花花的牛奶轨道
天鹅上哪去了,那只残背的天鹅?

  现在我登上台阶
  走进满是灰色暖气片
  的我的新家玻璃
  烟灰缸塞满羊毛。

为过冬我得搞一把俄式茶壶
上刺有罗勒叶和乌克兰格言
听远处翅膀的声音,艰难地迎着风,

  一点点蓝色夏日
  的空气将回来
  当蒸汽在怪物蒸腾
  的攻击中轻笑

而我在这里在那里都会开心,应有
尽有的茶和眼泪。我想我永远到不了
意大利,但至少我有这可怕的冻原。

我的新家将充满

　　羊毛，和树根之类，

　　我穿一件高领毛衣走来

　　走去，修理我的自行车。

我看着栅栏在我的脸之雪中

瑟瑟发抖，它变得异常纯净。曾经

我摧毁某人对他自己的想法以便拥有他。

　　若我那时有一把俄式

　　茶壶我会给他沏茶

　　像风信子从花盆长出来

　　一样他会爱上我

而我迷人的茶室里满是灰尘那就是

我为什么非要旅行，去采摘树叶。

哦我庞大的钢琴，你可不是户外之物

　　即便天气寒冷而你

　　是火和木头造就！

　　我掀起你的眼皮，山就

　　回来了，那样我也高兴。

星星像掉落在座位上的发网闪烁

而此时它躺在剧院后的小巷
剧院里我的戏剧以垂死的声音回响

  我其实是一名木刻师
  我的词语是爱
  固执地在它的空间
  列队游行,拒绝迁移。

诗
——致詹姆斯·斯凯勒[1]

在那里我永远无法成为一个男孩,
即便我神气地骑在马上,当马直立时
只要母亲一声喊我就跪倒双膝!
我降低身体,笨拙又厌恶又开心
即便我在一匹受惊的黑色母马上意气风发
它曾在一片叶尖处呼地一跃而起
却从未将我摔出去。

我的心跳很快
双腿紧夹着它的后背。
我爱它那种将我抵向空中
的惊恐!还有它额毛的钻石白
好似因为思想而苦恼犹如我的心因生命而刺痛!
它厌烦地把头猛地一仰
刨着空气,马嚼子咬得咯咯响,就好像我是恩底弥翁[2]
而她,像月亮女神,不情愿爱我。

---

[1] 詹姆斯·斯凯勒(James Schuyler,1923—1991),美国纽约派诗人。1980年以诗集《诗歌的早晨》(*The Morning of the Poem*)获普利策诗歌奖。
[2] 恩底弥翁(Endymion),希腊神话中人物,英俊的牧羊人、猎手,与月亮女神塞勒涅相恋。

所有事情当一位母亲
在场时都成为悲剧性的!
她将一颗鲜红色心灵随时的
恐惧都担在她自己身上,与之同呼吸
从一个成就到另一个成就,没有什么能窒息,或扑灭!

我理解她但我无法成为一个男孩,
因为在汹涌的空气里我敏捷而青春
沉着地骑着马穿过缥缈的夜
朝向我委婉理解的男人们的话语,

而它被赋予我
犹如灵魂被赋予双手
以抓住生命的丝带!
犹如里程飞驰过月光锋利的蹄脚
而我已掌握速度和力量——这世界的盔甲。

致港务长

我想我一定要抵达你；
虽然我的船已经上路但它在
系泊处被困住。我一直停在那儿
然后我决定出发。在暴风
和落日下，潮汐的金属线圈
环绕我深不可测的双臂，我
无法理解我空虚的形式
我只好背着风辛苦地把着我的
"波兰舵"[1]。太阳就要落了。对
你我献上我的船壳和我破烂的
意志的绳索。那糟糕的航道
并不都在我身后，风将我
压上芦苇褐色的嘴唇。然而
我相信我船的理智；假如
它下沉，很可能是对
永恒之声，对那阻挡我
抵达你的波浪的理性的回应。

---

1 对男性生殖器的特殊比喻，不常用。

我的心

我不会一直哭,
我也不会一直笑,
哪一种"滥用"我都不情愿。
否则我会有一部烂片的即时感,
不只冷门,而且是那种
过度制作的大片的首演。我想
至少像俗人一样活着。假如
某个我一团糟生活的狂热者说:"这可
不像弗兰克!"怎么说都对!我
不要总穿着棕色或灰色西服
是吧?不。我穿工作服去歌剧院,
经常。我想我的脚赤裸着,
想我的脸是刮过的,而我的心——
你不能对心做什么计划,但是
它更好的部分,我的诗,是敞开的。

致危机中的电影业 [1]

不是你,贫乏的季刊和黑乎乎的期刊
以你勤奋不辍的侵犯朝向蚂蚁的妄自尊大,
也不是你,实验剧院,情绪的结果与诗意的
洞见在里面没完没了地结婚,也不是你,
散漫的大歌剧,明显得像一只耳朵(即便你
凑近我的心),而是你,电影业,
我爱的是你!

危机时代,我们不得不一次次决定我们爱谁。
在应得的地方给予赞许:不是给我刻板的护士,她教我
如何是坏和不坏而不是好(且这些知识她自己
最近派上了用场),不是给天主教会
那顶多是一种对宇宙娱乐过于郑重其事的介绍,
不是给美国退伍军人协会,它厌恶每个人,而是给你,
光辉灿烂的银幕,悲剧的色彩,风情万种的电影镜头,
延展的视野和惊人的立体声,有所有
你天国的维度和混响及反偶像传统!给
赤脚穿长裤扮演"忍受"男孩的理查德·巴塞尔梅斯,
火红色头发和嘴唇脖子长长的珍妮特·麦克唐纳,

---

[1] 此诗中出现的所有人名均为电影演员名。

永远坐在一辆损坏汽车的挡泥板上微笑的苏·卡罗尔，
留内鬈短发像肩膀上摆了一根香肠的金吉·罗杰斯，
蜜桃草莓汁冰激凌声音的弗雷德·阿斯泰尔因为他的脚，
埃里克·冯·施特罗海姆，登山者喘息的配偶们的诱惑者，
人猿泰山，你们每一个，全部（我没法让自己更喜欢约翰尼·韦斯默勒
而不是莱克斯·巴克，我不能!），坐在毛茸茸雪橇里的梅·韦斯特，
她的妓院光芒和冷漠的言论，月亮般的鲁道夫·瓦伦蒂诺，
它毁灭性的激情，还有，也像月亮一般，温婉的瑙玛·希拉，
米里安·霍普金斯把她的香槟酒杯从乔尔·麦克雷的游艇扔了下去
哭得泪流成海，克拉克·盖博解救吉恩·蒂尔尼于俄罗斯
艾伦·琼斯从哈勃·马克斯手中解救基蒂·卡莱尔，
当梅尔·奥勃朗斥责时柯纳·王尔德在钢琴键上咳血，
玛丽莲·梦露穿着她细细的高跟鞋摇摇晃晃穿过尼亚加拉瀑布
约瑟夫·科顿令人费解奥森·威尔斯面带困惑多洛雷斯·德尔·里奥
午餐吃兰花并打碎镜子，葛洛丽亚·斯旺森斜倚着，
珍·哈露斜倚或扭动躯体，爱丽丝·费伊斜倚或
扭动身体或唱歌，米纳·洛伊冷静而睿智，威廉·鲍威尔
惊人的温文尔雅，伊丽莎白·泰勒绽放如花朵，是的，赞美你，

还有你们所有其他人，伟大的，近乎伟大的，有特色的，临时演员
他们匆匆过去又在梦中回来说一两句你的台词，
我的爱!
愿你以非凡的面貌，以你的延迟和表述长久地
照亮宇宙，愿世界闪闪发亮的金钱笼罩你

当你在强弧光灯下度过漫长的一天休息,还有你
为启迪我们的一张张面孔,云彩一般常在夜间出现
但天空按恒星系统运行。那是你永存的神圣的
先例!滚动吧,赛璐珞胶卷[1],随伟大的地球滚滚向前!

---

1 旧时摄影用的胶片。

在现代艺术博物馆看拉里·里弗斯的
《华盛顿横渡特拉华河》[1]

现在我们的英雄穿着他的白裤子
回到了我们中间我们知道他的鼻子
哆嗦得像一面火焰下的旗帜
我们看见平静冰冷的河流支撑着
我们的军队,美好的历史。

比一名修女更具革命性
是我们的愿望,要世俗而亲密
就像,瞄准一名红外套[2]时,你
微笑并扣动扳机。焦虑
和敌意,燃烧和喂养于

理论思考和抽象的
机器人的嫉妒精神之上?
它们是物理事件上翻腾的
烟雾,现在已燃烧殆尽。

---

[1] 拉里·里弗斯(Larry Rivers, 1923—2002),美国艺术家、音乐家、电影制作人。里弗斯被认为是波普艺术的"教父"和"祖父",他是真正将非客观、非叙事艺术与叙事和客观抽象相结合的最早的艺术家之一。《华盛顿横渡特拉华河》(*Washington Crossing the Delaware*),拉里·里弗斯在1953年创作的油画作品。
[2] 指英国士兵,尤其指美国独立战争期间服役的士兵。

看我们多自由!一个人类的国家。

我们亲爱的国父,如此活着
你必须不断地说谎,才能
即时有效。这是横在我胸前的
你的骨头,像生锈的燧发枪,
一面海盗的旗帜,勇敢而具体

在一个渡口朦胧的炫光中
如此明亮,在冬天过河
向一处无桥梁通达的岸边。
别开枪,直到自由之白在你的枪管上
闪烁,直到你看见普遍的畏惧。

收音机

你干吗放这么沉闷的音乐
在星期六下午,当我很累
累得要死渴望得到点儿
不朽能量的暗示?
     整个
星期,当我疲惫地在博物馆
从一张桌子跋涉到另一张桌子
你却把你的格里格[1]与奥涅格[2]
的神作倾诉给关在屋子里的人。
     我不也是
被关着吗,一周的辛劳之后
难道我不配听一听普罗科菲耶夫[3]?

好吧,我有我迷人的德·库宁[4]
可追求。我想那里面有张
橙色的床,耳朵里装不下。

---

[1] 爱德华·格里格(Edvard Grieg, 1843—1907),挪威作曲家,被誉为挪威音乐之父。
[2] 阿尔蒂尔·奥涅格(Arthur Honegger, 1892—1955),瑞士作曲家,出生并主要生活在法国。
[3] 谢尔盖·谢尔盖耶维奇·普罗科菲耶夫(Sergei Sergeyevich Prokofiev, 1891—1953),俄罗斯著名作曲家、钢琴家和指挥家。
[4] 威廉·德·库宁(Willem de Kooning, 1904—1997),荷兰裔美国抽象表现主义艺术家。

飞行中沉睡

或许,是为避免某种巨大的悲伤,
像在一出复辟悲剧里男主角喊着"睡吧!
哦,好好睡一场,把这事忘掉!"
于是起飞,翱翔于无岸之城上空,
像一只鸽子从人行道转头往上
当汽车打喇叭或一扇门砰然一响,
梦幻之门,斑驳爱情里不朽的生命
和不同语言中美丽的谎言。

恐惧也如水泥一般脱落,而你
在大西洋之上。西班牙在哪儿?那里
有谁?打内战是为了解放奴隶,
是吗?一股下沉气流提醒你地心引力
和你对于人类之爱的立场。但这里
是神灵之所在,猜测、茫然。
一旦你处于无助,你便自由了,这点你能否
相信?永远别醒来面对一张脸悲哀的挣扎?
去旅行,一直穿越某种无人情味的浩瀚,
去甩掉,永远,彻底摆脱它!

两眼一滚睡去,好似被风吹翻了一般

而眼睑微微翕动，像一只震颤的翅膀。
世界是一座冰山，太多的不可见！
且历来如是，然而形式上，可能也是在
沉睡。那蚀刻在冰块里的某个人的容颜
曾被爱且已死去，你是一名梦着空间和速度的
雕刻家，单凭你的手就可以做到这点。
好奇心，欲望的激情之手。是死了，还是
在沉睡？是否有足够的速度？同时，俯冲着，
你放开所有你创造的你拥有的，
你自我航行的王国，因为你必在这
心爱的形象中醒来，呼吸你的温度
无论它是死了抑或只是在消失
随着空间的消失，以及你的奇点[1]。

1　物理上把一个存在又不存在的点称为奇点。

诗

阿拉巴马州伯明翰市外的两个社区
仍在搜寻它们的死者。
                ——电视新闻播报

而明天上午八点在马萨诸塞州斯普林菲尔德,
我最老的姨妈将从一家修道院下葬。
这里是春天,我待在这里,我不去。
鸟飞来了?我在思考我自己的想法,还有谁的?

我死时,都别来,我不希望一片树叶
远离太阳的照耀——它喜欢在那里。
快乐没有那么多精神上的东西
但你一天也不能错过,因为它不长久。

那么这就是魔鬼之舞?好吧我生来就爱跳舞。
这是种神圣的职责,就像爱上一只猿猴,
而最终我会得出个什么伟大结论,比如假设,
当我终于在这些花中精疲力竭,径直往前走。

诗

速溶咖啡里加少许酸奶油,
打一通电话给远方的人
那似乎一点也没变得更近。
"啊爸爸,我想连日地酒醉不醒"
写在一位新朋友的诗上
我的生活在别人的目光之手,
他们和我的不可能之中岌岌可危。
这就是爱吗,既然最初的爱
最后也死了,哪里会没有不可能?

对我感情的纪念
——致格蕾丝·哈蒂根

我的寂静里有一个人,他是透明的
静静承载我,像一艘贡多拉,穿过街道。
他有几种相似物,像星星和年岁,像数字。

我的寂静里有若干赤裸的自我,
我借来那么多手枪保护那些自我免受
人的伤害而他们很容易就辨认出我的武器
他们在心里怀有谋杀!
      尽管是在冬天
它们温暖如玫瑰,沙漠里
冷冽的茴香酒的滋味。
     有时,我沉默寡言,
起身到凉爽的天空里
随着对我的同行,群山的简单辨认,凝望这深不可测
的世界。曼弗雷德爬到我的脖子后面,
说话,但我全没听见,
     我太忧郁了。
一头大象举起它的小号,
钱从哭喊声的窗口飘出,丝绸,将它的镜子
伸过肩胛骨。一支枪被"开火"。
      一个我冲到

十三号窗口，一个我扬起鞭子，一个我
从粉红色火烈鸟中间的跑道中央飘起，
当它们绕过最后一圈，在它们蹄脚下我的嘴唇
伤痕累累，被尾巴刷着，掩藏在污物的
欲望、定义中，张大的嘴喘息着，为赌徒们对大地之
　肺的呐喊。

　　　　　这么多我的透明体无法抗拒那竞争！
土壤中的恐怖，干蘑菇，粉色羽毛，票据，
漂过泥泞牙齿的一小片儿月亮，
隐蔽的呼吸中难以觉察的呻吟，

　　　　　　　　　　　　　　对蛇的热爱！
我躲在它的叶子底下当猎人噼啪作响而喘息
而爆发，当防空气球在一朵云后漂移
动物死神掏出它的手电筒，

　　　　　　　吹着口哨
从扣扳机的手上脱下手套。蛇一看见
那些尖锐的指甲就红了眼，他可真滑润啊！

　　　　　　　　　　　我那些透明的自己
像水桶里的毒蛇一样扑腾，扭动着咝咝地叫
全无一点恐慌，带着一种正义的反应
不一会儿这条鹰钩蛇就变得像美杜莎[1]一样了。

1　美杜莎（Medusa），古希腊神话中的蛇发女怪。

离他们一步之遥[1]

这是我的午餐时间,所以
我去散步,在嗡嗡喧响的
出租车之间。先是沿人行道
工人们朝他们脏兮兮
反光的躯体喂三明治和
可口可乐,戴着黄色头盔
以防被掉落的砖头砸中,
我猜。然后来到大街,
鞋跟上翻跳的裙摆
在刺耳的摩擦声上方
炸开。太阳很热,
但出租车搅动着空气。
我流连于廉价手表。猫
在锯末中玩耍。
   到
时代广场,那里广告牌
在我的头顶上喷烟,更高处
是轻泻而下的瀑布。一名
黑人手拿一根牙签站在

---

1 此诗是为纪念表现主义画家杰克逊·波洛克(Jackson Pollock, 1912—1956)的去世而作。

门口,倦怠而躁动不安。

一名合唱队金发女孩一见如故:

他微笑着揉了揉他的下巴。一切

突然鸣响:现在是 12:40

一个星期四。

    阳光下的霓虹灯是一种

极大的快乐,如埃德温·邓比[1]将写的

那样,大白天里的电灯泡。

我停在"朱丽叶角"买奶酪汉堡,

朱莉艾塔·玛西娜[2],费德里科·费里尼[3]

的妻子,是个很不错的女演员。

然后麦芽味巧克力。一个在这种天气

穿狐狸毛的女士将她的贵宾犬放进

一辆出租车里。

    大道上今天有好些

波多黎各人,这使它显得

温暖又漂亮。先是邦妮[4]

---

1 埃德温·邓比(Edwin Denby, 1903—1983),美国诗人、舞蹈评论家、小说家。
2 朱莉艾塔·玛西娜(Giulietta Masina, 1921—1994),意大利女演员,电影《大路》和《卡比利亚之夜》中的主角。两部影片都是由费德里科·费里尼导演,并且都获得了奥斯卡最佳外语片奖。
3 费德里科·费里尼(Federico Fellini, 1920—1993),意大利电影导演,朱莉艾塔·玛西娜的丈夫,被认为是有史以来最伟大和最有影响力的电影导演之一。
4 即V.R.朗。

死了,然后是约翰·拉图什[1],
然后是杰克逊·波洛克。但这地球
是否充盈,如生活曾经充满着,他们?
一个人吃完东西,一个人
走过那些有裸体摄影的
杂志,斗牛海报
和曼哈顿大货场,他们
很快将被拆除。我想
以前他们常在那儿搞
军械库展览。
　　　　　一杯番木瓜汁,然后
回去工作。我的心在我的
口袋,那是皮埃尔·勒韦尔迪[2]的诗。

---

1 约翰·拉图什(John Treville Latouche,1924—1956),美国音乐剧作词家、作家。
2 皮埃尔·勒韦尔迪(Pierre Reverdy,1889—1960),法国诗人,他的作品受到超现实主义、达达主义和立体派艺术运动的启发,并进而影响了这些运动。

题外话,关于《第一号,1948》[1]

今天我病了,但不太
严重。我根本没病。
这是完美的一天,
比秋天冷,比冬天热。

一个看东西的好天。午饭
时间,我看米罗[2]的
陶艺,看莱热的大海;
光,复杂的梅金杰[3],
和布罗纳[4]的惊悚,一张
毕加索的小桌子,粉色。

今天我累了,但不算
太累。我完全不累。

---

[1] 《第一号,1948》(*Number 1, 1948*),抽象表现主义大师杰克逊·波洛克的油画作品。
[2] 胡安·米罗(Joan Miró,1893—1983),西班牙画家、雕塑家、陶艺家,抽象主义和超现实主义大师。
[3] 让·梅金杰(Jean Metzinger,1883—1956),法国画家、理论家、批评家和诗人。
[4] 维克多·布劳纳(Victor Brauner,1903—1966),法国罗马尼亚裔雕塑家和画家,超现实主义艺术家。

有波洛克[1],那白色,伤害
不会降临,他绝佳的手

和许多的短途航行。永远
不会围住银色的界限。
星星出来了,还有大海
在闪烁光亮的大地低处
载着我朝向未来——
并不那么黑暗。我懂了。

---

1 指波洛克的画。

为何我不是一名画家

我不是画家,我是个诗人。
为什么?我想我宁愿当一名
画家,但我不是。好吧,

比如,迈克·戈德伯格[1]
开始画一幅画。我突然到访。
"坐下来喝一杯",他说。
我喝东西;我们喝东西。我
抬头。"你上面画了**沙丁鱼**。"
"是,那地方需要点东西。"
"哦。"我走了,过了几天,
我再进去。那幅画正在
继续,然后我离去,
几天后,我又进去。画
已经结束。"沙丁鱼哪去了?"
剩下的只是几个
字母,"东西太多",迈克说。

但我呢?一天我想一种颜色:

---
[1] 迈克·戈德伯格(Michael Goldberg,1924—2007),美国抽象表现主义画家。

橙色。我写一行有关橙色
的句子。很快便成为
一整页文字，不是诗行。
然后又是一页。应该是有
更多，不是写橙色，是关于
词语，关于橙色如何糟糕以及
生活。几天后，甚至成了散文
的形式，我可是真正的诗人。
诗写完了，但我还没有提到
橙色。是十二首诗，我命名为
《**橙色**》。然后有一天在画廊
我看到迈克的画，名字叫《**沙丁鱼**》。

焦 虑

这一天我过得真是焦虑。
　　　　　　　　有件事
我必须得做。但是什么呢?
没其他选择,就
一件什么事情。
　　　　　　我喝了一杯酒,
但不管用——没一点头绪!
　　　　　　　　　　我
感觉更糟。我不记得我什么感觉,
所以或许我觉得好点了。
不。只是更茫然了些。
　　　　　　　　假如我能
纯粹一团黑,浑然无知,像
喝醉了酒,那是最好,那样洒脱
如一片旷野。也不是最好,

但除了那不可能的纯洁之光以外
最好,就像在一片广阔的
大草原上,急行或停留在
深草丛中金色的小脑袋上头。

但现在,熟悉的笑声仍低低传来
自一张模糊的脸,情感的人类且甚至往往——
是激发性的?这温和的漫步之夜
　　　　　　　　　　在黑暗
嘴唇,和灯光的
　　　　消遣中
徘徊,一直在风中。或许就是
这样:去搞搞卫生什么的。一扇窗子?

恋尸癖颂[1]

> 你不想从坟墓里找回什么
> 尸体吗？我们那时代不怎么慷慨。
> ——帕利努鲁斯[2]（不是西里尔·康诺利[3]）

好吧，

      这样也好

           至少

                 人

          有 他 们 爱

而 我们

        很少关注到爱

                以至那似乎令人发指

---

[1] 这首诗是一首象形诗。原文中将"someone"巧妙地笼罩于"love them"之上，有特别的意味。
                OMEON
             S love them E

[2] 帕利努鲁斯（Palinurus），古罗马诗人维吉尔的史诗作品《埃涅阿斯纪》（*Aeneid*）中主人公埃涅阿斯船上的舵手，被沉睡之神麻醉而掉入海中，未被安葬入土，因而不能过冥河。

[3] 西里尔·康诺利（Cyril Connolly, 1903—1974），英国文学评论家、作家。他是颇具影响力的文学杂志《地平线》的编辑，他创作的小说《不安静的坟墓》（*The Unquiet Grave*）曾用帕利努鲁斯作为笔名。

诗

在一种隔绝中变得习惯,
是件辉煌的事情!我

领会它,就像住在一只
鸟的内部。你住在哪儿,

是否厌烦?
我呼吸着一团纯粹的

孤独并感到心满意足。
你知道年轻的莱纳·里尔克[1]吗?

他是一朵玫瑰,自成一体,全然
自满自足,像一个风洞[2],

而我们其余的人在测试我们的
翅膀,我们紧张的支撑物。

---

[1] 莱纳·里尔克(Rainer Maria Rilke,1875—1926),奥地利诗人,被公认为最具抒情性的德语诗人之一。
[2] 风洞(wind tunnel),即风洞实验室,一种管道状实验室,是以人工的方式产生并且控制气流,用来模拟飞行器或实体周围气体的流动情况。

在火岛跟太阳交谈实录

今天早上太阳响亮而
清楚地呼叫我说:"嗨!
我想叫醒你已经十五分钟了。
别这么没礼貌,你可是
我选择私下交谈的
第二个诗人
    所以你
干吗不专心一点?既然
我能从窗户烤着你我一定会
把你弄醒。我不能整天
挂在这儿。"
    "对不起,太阳,
我昨晚跟哈尔[1]聊到很晚。"

"我叫醒马雅可夫斯基时
比这利索多了",太阳
急躁地说。"多数人
已经起来,等着看我
是否会露面。"

---

1 哈尔·范德伦(Hal Fondren),奥哈拉在哈佛大学的同学。

我试图
道歉:"昨天我还念叨你呢。"
"那就好",他说。"我不知道
你会出来。""你可能奇怪
我为什么离你这么近?"
"是的",说着我开始觉得热
不知道他究竟是不是在
烤我。

　　"坦白说,我想告诉你
我喜欢你的诗。我运行中
看了许多你很不错。或许你
不是这世上最伟大的,但是你
别具一格。现在,我听见
有人说你疯狂,在我看来
他们自己过于冷静,而其他
疯狂的诗人认为你是无聊的
反动分子。不是我。
　　　　　　只管继续
像我一样不要去在意。
你会发现人们总是抱怨
空气,要么太热要么太冷
要么太亮要么太暗,日子
要么太短或太长。
　　　　　　只要你一天
不出来他们就认为你懒

或者死了。继续往前走,我喜欢。

别烦恼你的血统是
诗性还是自然。你知道阳光照在
丛林、冰原、大海,照在
贫民窟。无论你在哪儿
我都了解并看见你活动。我一直
在等你开始工作。
　　　　　既然你
在创造你自己的时代,可以说,
即便除了我没一个人阅读你
你也不要沮丧。不是每个人
都能抬起头,甚至看着我。这会
伤着他们的眼睛。"

　　　　"哦太阳,我太感激你了!"

"多谢,记住我在看着呢。
我还是在这儿跟你说话
更容易些。而不用下滑到
建筑物之间让你听我说。
我知道你爱曼哈顿,但你
总应该多抬头看看。
　　　　　并
始终接纳事物、人、地球
天空、星星,就像我,自由且

有适度的空间感。你势必
如此,在天上你就知道
如果必需,恐怕你要
遵循它到地狱。
　　　　　或许
我们将在非洲再聊,我也
特别喜欢非洲。现在回去睡吧
弗兰克,我可能在你脑子里
留下一首小诗作为告别。"

"不要走,太阳!"最后
我醒了。"不,我得走了,他们
在叫我。"
"他们是谁?"
　　　　　　他边上升边说:"有一天
你就会知道。他们也在叫你。"
他黯然升起,然后我便睡了。

致戈特弗里德·贝恩[1]

诗歌不是乐器

偶尔发挥作用

然后便扬长而去

嘲笑你老

你年轻赖着你喝醉

诗歌是你自身的部分

就像一个国家战争时的

激情,反应迅速

激发你防御或侵略

的非理性力量

一种自我宣示的本能

像国家一样,它的缺点被吸收

在侧面和视角的白热化中

与一局一局的虚空搏斗

一个未安放妥当的立体

国家变得越来越糟

---

[1] 戈特弗里德·贝恩(Gottfried Benn,1886—1956),德国诗人、散文家、医生,曾五次获诺贝尔文学奖提名。

但在普遍的悲剧之光下
所揭示的向来没什么差错

英雄雕塑

我们回归到动物
不是在我们性交
　　　或大便时
不是在落泪时

而是在
　　　我们凝视光亮
　　　而思考时

忧郁的早餐[1]

忧郁的早餐
忧郁的头顶忧郁的脚底

沉默的鸡蛋思考
烤面包机的电耳朵
等待

星星在里面
"那片云被遮住了。"

怀疑的元素
在早晨非常强烈

---

1. 此诗是作者为画家拉里·里弗斯的同名作品所配的诗。

黛女士死的那天[1]

纽约 12:20,一个星期五
巴士底日[2]后的第三天,是的
这是 1959 年,我去擦皮鞋,
因为我要搭 4:19 的火车,7:15
在东汉普顿然后直接去吃饭
提供晚饭的人我不认识

我走上闷热的大街开始晒太阳
吃一个汉堡喝一杯麦芽酒接着
买了本丑陋的《新世界写作》看加纳的
诗人目前在做什么
     我继续去银行
斯蒂维根小姐(名字叫琳达我有次听说)
甚至一辈子没瞅过一次我的账户余额
在金色格里芬[3],我为帕齐[4]买了本

---

[1] 比莉·哈乐黛(Billie Holiday,1915—1959),美国爵士歌手,职业生涯近30年,"黛女士"(Lady Day)是她的外号(Lady Day 原本是天使报喜节,日期是3月25日)。哈乐黛对爵士乐和流行音乐有着深远的影响。
[2] 巴士底日(Bastille Day)是英语国家对法国国庆日的俗称,时间是每年的7月14日,纪念1789年7月14日巴黎群众攻克巴士底狱。
[3] 金色格里芬,纽约市一家书店。
[4] 帕齐,即帕特西·索斯盖特(Patsy Southgate),生卒年不详,美国人,法语翻译家。

魏尔伦[1]的小书上面有博纳尔[2]的绘画尽管
我想到赫西奥德[3]，里奇蒙德·拉蒂莫尔[4]译，
或布兰登·贝汉[5]的新剧本或热内[6]的《阳台》或者
《黑鬼》，但我没买，我还是买了魏尔伦
实际我因为左右为难几乎要睡着了

给迈克[7]我只是溜达到公园路
酒品店要了一瓶斯特雷加[8]
然后返回我来的地方到第六大道
再到齐格菲尔德剧院的烟草店
随便要了一盒高卢烟及一盒皮卡优[9]
还有一张《纽约邮报》上面有她的脸。

---

[1] 保罗·魏尔伦（Paul Verlaine，1844—1896），法国象征主义诗人。
[2] 皮埃尔·博纳尔（Pierre Bonnard，1867—1947），法国画家、插画家和版画家，印象派向现代主义过渡时期的领军人物之一。
[3] 赫西俄德（Hesiodos），古希腊诗人，生活年代约为公元前8世纪，略晚于荷马。
[4] 里奇蒙德·拉蒂莫尔（Richmond Lattimore，1906—1984），美国诗人、古典主义者，以翻译希腊古典名著而闻名。
[5] 布兰登·贝汉（Brendan Behan，1923—1964），爱尔兰诗人、小说家、剧作家。被认为是有史以来最伟大的爱尔兰作家之一。
[6] 让·热内（Jean Genet，1910—1986），法国著名小说家、剧作家、诗人、评论家和政治活动家，同性恋者。
[7] 指的是迈克·戈德伯格，注释见前文。
[8] 斯特雷加（Strega），一种意大利利口酒。
[9] 皮卡优，一种味道很重的香烟，产自美国，软包，二十支一包。现已不再生产。

到现在我出了不少汗想靠在

五斑酒吧[1]的男厕所门上此时

她低唱起一首歌和着马尔·沃尔德伦[2]

的键盘,所有人和我都屏住了呼吸

---

1 五斑酒吧(The Five Spot Café)是一家爵士俱乐部,位于纽约市波威里街区的库珀广场5号,在东村和西村之间。1962年,搬到了圣马可广场2号,1967年关闭。其友好、非商业、低调的氛围,低价的饮料和食物,以及前卫的爵士乐,吸引了一批前卫的艺术家和作家。这是一个具有历史意义的场所,也是当地和州外音乐家的圣地,他们挤满了这个小小的场所,聆听那个时代最有创意的作曲家和表演者的演奏。
2 马尔·沃尔德伦(Mal Waldron,1925—2002),美国爵士钢琴家、作曲家、编曲家。

歌

它脏吗
看起来脏吗
这就是你在这城市所想的

只是看起来脏是吧
这就是你在这城市所想的
你不拒绝呼吸是不是

有的人性格很坏
似乎很有魅力。真是这样？是。很是
他有魅力就因为他性格坏。是吧。是的

这就是你在这城市所想的
用手指在你不长苔的脑子上跑马
那不是想法那是烟灰

去除一个人身上的许多污垢
性格就没那么坏了吧？不。它不断修复。
你不拒绝呼吸是不是

在琼恩家[1]

这时差不多三点,
我坐在大理石顶上
整理诗歌,苦恼不堪
小灯发出微弱的光
我一点也不发光
我又喝了一杯白兰地,
盯着看让-保罗[2]的
两幅小画,太棒了
我是必须弄这么多,
还是说它们只是凑巧

晚风凉爽,
几乎没一点声音
滤过我困惑的眼睛,
我为我自己孤独,
我找不到一首真正的诗。

---

1 琼恩·米切尔(Joan Mitchell,1925—1992),美国抽象表现主义画家、版画家。
2 让-保罗·里奥佩尔(Jean-Paul Riopelle,1923—2002),加拿大抽象表现主义画家、雕塑家,与琼恩·米切尔曾是夫妇,晚年时离婚。

假如我最终也找不到
我该怎么办

再见,诺曼!午安,琼恩和让-保罗![1]

现在是纽约 12:10,我不知道我

能否及时完成此事去和诺曼吃午餐,

啊,午餐!我想我要疯了

干吗宿醉成这样周末快要到来

在爱激动的肯尼斯·科克[2]家

我希望我是在城里在琼恩的工作室

致力于我的诗歌为一本格罗夫出版社的新书

他们可能不会印

但夜深人静时待在几层楼上也不错

不知道你自己是好是坏

而唯一能判定的就是你做了

昨天我在地图上找弗雷米库尔街

高兴地发现它像一只鸟

飞越过巴黎及其周边

可惜不包含塞纳–瓦兹[3]

那里我不了解

---

1 诺曼·布鲁姆(Norman Bluhm,1921—1999),美国著名抽象表现主义画家、行动派画家。"午安"原文为法语。
2 肯尼斯·科克(Kenneth Koch,1925—2002),美国纽约诗派重要诗人,剧作家。
3 塞纳–瓦兹(Seine-et-Oise),法国的一个行政区,包括巴黎市区的西部、北部和南部,1968年废除。

还有其他一些东西

艾伦[1]回来后开始大谈上帝

彼得[2]回来后没太说话

乔[3]感冒了不来肯尼斯家了

尽管会来跟诺曼吃午饭

我怀疑他是区别对待

好吧，谁不是呢

我希望我在巴黎

而不是在纽约转来转去

我根本不希望闲转

现在是春天冰已经化了茴香酒正倒出来

我们都快乐而年轻而没权没势

年老了也一样

唯一要做的就只是继续

就这么简单

是的，简单是因为这是你要做的

你唯一能做的

是的，你能做是因为这是你唯一要做的

布洛涅森林上的蓝光它继续

塞纳河继续

---

[1] 艾伦·金斯堡（Allen Ginsberg，1926—1997），美国诗人、作家，被认为是20世纪50年代"垮掉的一代"和随后出现的反主流文化的领军人物之一。
[2] 彼得·奥尔洛夫斯基（Peter Orlovsky，1933—2010），美国诗人、演员，艾伦·金斯堡的终身伴侣。
[3] 乔·勒叙尔（Joe LeSueur），1955年至1965年的11年间与奥哈拉同住纽约市一套公寓，是奥哈拉的室友兼不定时的情人。

卢浮宫一直开放它继续它几乎从来不关门
美国酒吧继续是法国人开的
戴高乐继续是阿尔及利亚人加缪也是
雪莉·戈德法布[1]继续是雪莉·戈德法布
简·哈桑[2]继续是简·弗莱里奇（我认为！）
欧文·桑德勒[3]继续是艺术家的清扫工
我也如此（有时我觉得我"爱上了"绘画）
而且肯定的是德利尼浴池里继续有水
花神咖啡馆[4]继续有桌子和报纸
下面继续有人
当然我们不会继续不快乐
我们会变得快乐
但我们将继续是我们自己一切
继续皆有可能
勒内·夏尔[5]，皮埃尔·勒韦尔迪，塞缪尔·贝克特也
　一样不是吗
我爱勒韦尔迪老是说 yes，尽管我不相信

1　雪莉·戈德法布（Shirley Goldfarb，1925—1980），美国画家和作家。
2　简·哈桑即简·弗莱里奇，注释见前文。
3　欧文·桑德勒（Irving Sandler，1925—2018），美国艺术评论家、艺术史学家、教育家。
4　花神咖啡馆（The Café de Flore），巴黎最古老的咖啡馆之一，以其著名的顾客而闻名，曾是著名作家、哲学家和艺术家们的聚集地，位于圣日耳曼大道和圣贝努瓦街拐角处，在圣日耳曼街第6区。至今仍是名流们最喜欢光顾的场所。
5　勒内·夏尔（René Char，1907—1989），法国诗人，也是法国抵抗运动的成员。

你美极了,我马上来

隐约听到被拆卸的第三大道高架的紫色的咆哮
轻微然而坚定地摇摆像一只手或一条垂下的金色大腿
正常情况下我不会认为声音有颜色除非我感觉堕落
切实的兰波式情绪的晦涩简单又十分确定
甚至持续,是的又或是黑暗而愈渐纯净的波浪,厌倦之死
接近那高度本身可能在纯净的空气中毁坏你
至更复杂,更混乱、更空虚却又重新填满,暴露于光亮

随着过去消逝如一场雷鸣而震颤的神经的加速
将它集结的力量地铁一般指向一个环绕旅行的王国
撕裂着冒险之声最后变得越来越局部而私密
重复一段古老的被人类损失的无穷创造力不断更新的
罗曼史辞句那空气那磕磕巴巴的呼吸的宁静
天堂的星星都重新出来我们都为了我们俘获的时间

圣 人

像一堆金子,他的呼吸
正形成各种尺寸的
细长圆柱,文森特[1]躺作
一堆,就像太阳,空气

和曼哈顿的噪音也必须休息
他不认为自己是一位德·保罗[2]
今日市场消沉可是他
不介意,他在等他的沙发

从多伦多到达,那就是
他所想的还有玛克辛
是否想要一对黑玉耳环
好吧她就是,至少有这意思

还有什么别的方式像在

---

[1] 文森特·德·保罗·沃伦（Vincent de Paul Warren, 1938—2017）,加拿大舞蹈历史学家。在其杰出的芭蕾舞演员和教师职业生涯之后,又作为历史学家和档案保管员而著名,被认为是奥哈拉一生的真爱。
[2] 应指法国天主教神父文森特·德·保罗（Vincent de Paul, 1581—1660）,其一生致力于为穷人服务,在天主教会和圣公会被尊为圣人。

大海里在盐里一样放松呢
他沉到水下像个好胜的孩子
直到拖船将他往外拉

吓得他游了起来
双手划动着分开碎浪
似一名强奸犯钻进
汹涌的小麦,然后他在沙滩上

安然而严肃就像他的头发
于是夜降临,笼罩上
文森特的家族焦虑,他睡了
像一座神庙,没有神

诗

恨只是许多种反应之一
真的,恨与伤害相伴而行
但为什么害怕恨,它只是在那里

想想污秽,它真让人畏惧?
恨也一样
也不要因为不友善而害羞
这是一种清洁,让你直截了当
像一支有知觉的箭

也是彻头彻尾的吝啬,让爱呼吸
你无须避免会陷入太深
只要不过于担心,你总可以拔出来

一盎司的预防
足可以毒害心脏
不要去想别人,
除非先想到你自己,真的

所有这些,假如你感觉得到
将因为某种不情愿而增色

并变成金子

若是被我感觉到,就会微笑着
被你神秘的忧虑牵离

个人诗

现在当我在午饭时间四处转悠

我口袋里只有两件护身符

迈克·金光[1]给我的一枚古罗马硬币

和一只从包装箱掉落的螺栓头

我在马德里时其他的从没

给我带来多少幸运尽管它们

的确帮我在纽约抵抗过胁迫

但此刻我暂时愉快着且颇有兴致

我在明亮的湿气中穿行

经过湿漉漉的西格拉姆大厦[2]

和它的休闲椅以及左边

封闭了人行道的建筑假如

我成了一名建筑工人

我想要一顶银色的帽子

然后到莫里亚蒂餐馆在那儿等候

勒罗伊听说他想成为有权势

---

[1] 迈克·金光(Mike Kanemitsu,1922—1992),本名金光松美(Matsumi Kanemitsu),日裔美国画家,精于日本烟灰墨和石印术。
[2] 西格拉姆大厦(The Seagram Building),一座摩天大楼,位于纽约市曼哈顿中城。

的人物近五年来我的击球率是

0.016也就这样,然后勒罗伊进来

告诉我说迈尔斯·戴维斯[1]昨晚在

伯德兰[2]外面被一个警察用棍棒抽了十二次

一位女士跟我们索要五分钱为一种

可怕的疾病但我们一分也没给我们

不喜欢可怕的疾病,然后

我们去吃鱼喝麦芽酒天气凉爽

但很拥挤我们不喜欢莱昂内尔·特里林[3]

我们判定,我们喜欢唐·艾伦[4]我们不大喜欢

亨利·詹姆斯[5]我们喜欢赫尔曼·梅尔维尔[6]

我们不想走旧金山诗人

的路甚至我们只想变得富有

---

[1] 迈尔斯·杜威·戴维斯(Miles Dewey Davis,1926—1991),美国爵士小号手、乐队指挥、作曲家,爵士乐史和20世纪音乐史上最有影响和最受欢迎的人物之一。

[2] 伯德兰(Birdland)是一家爵士乐俱乐部,营业于1949年。最早位于百老汇1678号,就在西52街以北。

[3] 莱昂内尔·特里林(Lionel Trilling,1905—1975),美国文学评论家、短篇小说作家,20世纪美国最重要的批评家之一。

[4] 唐纳德·梅里亚姆·艾伦(Donald Merriam Allen,1912—2004),美国文学编辑、出版商和翻译家,《弗兰克·奥哈拉诗歌精选》(*The Selected Poems of Frank O'Hara*)即由唐纳德·艾伦编辑,由古典图书公司(Vintage Books)出版。

[5] 亨利·詹姆斯(Henry James,1843—1916),美国作家,现实主义和现代主义文学之间的重要过渡人物,被认为是英语世界里最伟大的小说家之一。

[6] 赫尔曼·梅尔维尔(Herman Melville,1819—1891),美国小说家。代表作《白鲸》(*Moby Dick*)。

走在房梁上戴着我们的银色帽子
我在想当我和勒罗伊握手时
800万人中是否有一个在想着我
一想到可能如此我为我的手表
买了一条表带然后高高兴兴地回去上班

张贴湖畔诗人歌谣 [1]

行动缓慢大汗淋漓
被一阵微风推着
圣马可广场天堂酒吧
我和乔[2]在外面歇一口气

喝波旁威士忌乔说
你看拉里的来信了吗
在邮箱里真遗憾我没看见
不知道信里说什么

然后我们吃东西然后
去骑手酒吧然后我屁股疼
因为座椅太硬而无聊
太难熬我们不去

雪松酒吧外面这么热
然后我读信上面说

---

1 "湖畔诗人"（The Lake Poets），19世纪上半叶居住在英国英格兰湖区的英国诗人群体，被认为是浪漫主义运动的一部分。威廉·华兹华斯、塞缪尔·柯勒律治和罗伯特·骚塞是湖畔诗人的三名主要成员。
2 指乔·勒叙尔。

在你诗里你华丽的自怜
你怎么喜欢那样

那很怪我认为我自己
是一种乐观的类型假装
受到伤害以对我感兴趣的
事情获得一点深度

我甚至已放弃了这点
近来一连串事情
进展真快感人的和
有趣的交替出现

深度都在海洋里
尽管我冬天时不一样
当然这甚至是种抱怨
但我还是很高兴

我没比格特鲁德·斯泰因
在圣露西教堂前面或萨沃纳罗拉[1]
在讲道台上艾伦·金斯堡在苏联
展览会上更自怜是不是乔

---

[1] 吉洛拉莫·萨沃纳罗拉(Girolamo Savonarola,1452—1498),意大利宗教和政治改革家,佛罗伦萨的一位多明我会修士,宣扬反对罪恶和腐败,后因批评教皇被逐出教会并处以极刑。

石油脑[1]

啊,让·杜布菲[2]

当你想到他

1922年

作为气象学者

在埃菲尔铁塔服兵役

就知道20世纪是多么

美好

走在房梁上的易洛魁人[3]

步态悍然而坚定

赤裸——他们原本如此

稍显空洞

像一位索妮娅·德劳内[4]

在印第安人眼睛后的某处

---

1 石油脑,从石油、煤焦油和天然气中蒸馏出来的碳氢化合物,具有高挥发性,用作燃料、溶剂和制造各种化学品。又称挥发油、轻石油、石油醚、白汽油。
2 让·杜布菲(Jean Dubuffet, 1901—1985),法国著名画家、雕塑家。
3 易洛魁人(The Iroquois),历史上强大的东北美洲土著(印第安人)联盟。
4 索妮娅·德劳内(Sonia Delaunay, 1885—1979),法国艺术家,出生于乌克兰,法国艺术家罗伯特·德劳内(Robert Delaunay, 1885—1941)的妻子。索妮娅·德劳内曾赤裸上身扮演克里奥帕特拉。

有一个关于速度的寓言

他们用他们的马

和他们脆弱的深色的脊背

创造了这个世纪

我们欠易洛魁人一笔债

还有艾灵顿公爵[1]

大楼修建时他在里面演奏

我们自己不怎么干

只是鬼混和想着

那令人难忘的地铁

还有那个没在那里出现的人

我们等待着成为我们这世纪的一部分

就像你不能用钢铁做一顶帽子

而且还戴着它

反正谁还戴帽子呢

那是我们部落哄骗人的

习俗

在古老的九月你感觉怎样

我感觉像一辆在潮湿公路上的卡车

你怎么能

你是按上帝的形象造的

---

1 艾灵顿公爵(Duke Ellington, 1899—1974),美国作曲家、钢琴家和爵士乐团指挥。

我不是

我是按一个娘娘腔的卡车司机和画着奶牛的

让·杜布菲的形象造的

"记忆中突然出现一种相似感"[1]

撇开爱情（别去说它）

我为我的世纪如此娱乐

感到羞愧

但我不得不微笑

---

[1] "记忆中突然出现一种相似感"（with a likeness burst in the memory），出自让·杜布菲1959年在现代艺术博物馆举办展览时印在目录中的一段话。《石油脑》发表后，让·杜布菲曾寄给奥哈拉一幅画。

诗

赫鲁晓夫来得正是时候!
      清冷优雅的灯光
被强风推出巨大的玻璃码头
一切都在飘摇,匆匆忙忙
      这国家什么都有
就是**没礼貌**,一名波多黎各出租车司机说
我看到五个不同的女孩
     像佩迪·金贝尔
也像她那样金发飘飘,
      当我推她的小女儿
在草地上荡秋千那天也刮着风

昨晚我们去看一场电影然后出来,
       尤奈斯库[1]比贝克特
更伟大,文森特说,我就是这样想的,蓝莓薄饼卷
赫鲁晓夫在华盛顿可能正被人
      吹毛求疵,**没礼貌**
文森特跟我讲他母亲的瑞典之行

---

[1] 欧仁·尤奈斯库(Eugène Ionesco,1909—1994),罗马尼亚裔法国剧作家,法国先锋戏剧的重要人物之一。代表作《犀牛》。

　　　　　　　汉斯[1]告诉我们
他父亲在瑞典的生活，听起来就像格蕾丝·哈蒂根
所画的瑞典
　　　　　　于是我回家睡觉好些名字在我脑海里漂浮
坡格特里奥·梅尔卡多、格哈德·施瓦茨和加斯帕·冈
　萨雷斯，
　　　　　　所有清早我去上班时的无名人物

这一年的邪恶去往哪里
　　　　　　　当九月席卷纽约
将它变成臭氧石笋
　　　　　　光的沉积物
　　　　　　　于是我又爬起来
冲一杯咖啡，读弗朗索瓦·维庸[2]，他的生命，如此晦暗
　　　纽约似令人眼花缭乱我的领带在街头爆炸
我希望它被吹走
　　　　　　虽然它冷冰冰但多少让我的脖子暖和
当火车载着赫鲁晓夫开往宾夕法尼亚站
　　　那灯光仿佛永恒不熄
　　　而快乐似乎不为所动
　　　我真够愚蠢总想在风中找到它

1　汉斯·霍夫曼（Hans Hofmann，1880—1966），德裔美国画家，早于抽象表现主义并影响了抽象表现主义。
2　弗朗索瓦·维庸（François Villon，1431—约1463），中世纪晚期最著名的法国诗人。

比某位早起(太阳)

咳嗽得厉害(鼻窦炎?)于是我
起来喝茶加法国白兰地
现在是黎明
    光在清冷的南安普敦
草坪上均匀流动,我抽着烟
好几个钟头过去,我读范·维克滕[1]的
《蜘蛛男孩》然后是帕奇·索斯盖特的
一部短篇然后是我自己的
一首诗天很冷我穿白色短裤
有点儿发抖一天开始了
很奇妙我不累也不神经质
只有这次我真正醒着让一切
慢慢开始我眼看着而不是
像往常那样追悔不已
    它去哪儿了
    它还没完全醒来
    我会等

---

[1] 卡尔·范·维克滕(Carl Van Vechten,1880—1964),美国作家、艺术摄影师。以小说《黑鬼天堂》(*Nigger Heaven*)闻名。《蜘蛛男孩》(*Spider Boy*)是维克滕1928年的作品。

房子醒来后去找
萨格港那条狗我自己
倒一杯波旁威士忌着手
在我的速写本上写诗
"我干干这干干那"里的一首
　　　　　　　　　现在是明天
尽管只过去了六个小时
这些天每一天的光都更有意义

诗[1]

现在是

本月27日

假如我这天出生

就是我的生日

但我不是

那会让我成为

天蝎座

象征金银，财富

目标坚定，行动冷血

爱金牛座

檀香的气味

反正就会这样

而不是

巨蟹座

象征不稳定，易受影响，敏感

所有这些性能像一架古钢琴

只是一种内在的坚固

善恶不分明

---

[1] 奥哈拉生于1926年3月27日，属白羊座。该句中的月份按诗中所述推测应是10月27日。

爱摩羯座
以其孤独理性的探索

但我怎能爱别的星座
胜过爱世俗的处女座呢
我的驱力是迁移性的据说
我怀着爱
朝向你出生的
我唯一应该喜欢的星座
靠近

诗[1]

我不知道你是否怀疑
但我觉得你有
我并不依赖伏尔泰酒吧
格瑞金咖啡馆　黑猫
阿努比斯[2]
两条平行线总是相交
除了在精神上
那引起它们争吵
假如我坐下来我承认
不是在榆树下
一张桌子旁
阅读

你走在雨水浸润的街上
脚步声静悄悄的
我来到房间
角落附近
关窗户
心想多美的一个人啊

---

[1] 原诗题名为POEM V (F) W。
[2] 黑猫（Black Cat）、阿努比斯（Anubis），均为酒吧名。

而那就是你
不我正要出门
你看上去显得伤感
后来你说是因为累了
我很高兴
你想来见我
我们往前走回
我的房间
各自耽于你难以琢磨的表情

在战后歇斯底里的快乐的遗迹当中
我看见我的缺点
摆在那儿像废弃艺术品
我曾那么热切地创造出来
要变得世俗和现代
而对此
我所不记得的东西
我用你的眼睛看见它们

诗
"寻找格特鲁德·斯泰因"

当我感到压抑或焦虑沉闷时
你要做的就是脱掉衣服
一切都被抹去显露生命的柔情
我们是肉体我们呼吸并最像自己
正如你就像真实的你而我成为真正
活着的我且隐约知道什么是
且对我来说什么是重要的除了那些
与我生活毫不相关的事件
和偶然关系的侵扰之外

当我在你面前时我感到生命强大
将打败它所有的敌人所有我的
所有你的你中你的和我中我的敌人
病态的逻辑和软弱的论证
被你手臂和腿的完美对称治愈
一起伸展成一个永恒的圆圈
在大西洋边造一根金色的支柱
一行淡淡的绒毛划分着你的躯体
让我的头脑休息让情绪得以释放
到无限的空气中因为一旦我们
在一起我们将永远在此生不管发生什么

诗

假如神的手指将我们设计为
一星期拉一次屎
岂不是很有趣?

整个一星期里我们
越来越胖然后在星期天早上
当大家都在教堂时
扑通通!

诗

那么多回声在我头脑里

以致当我发疯地要做某件事情

关于任何东西,出来了"那时你穿着……"

或是我用脑袋撞墙

出于我自己对绝望的嗜好,上来

一句"你曾经赤裸着跑向我/深跪在

三月里冰冷的海浪"或者我将此归咎于

布莱克[1],归咎于罗伯特·奥尔德里奇的《致命

之吻》[2],归咎于星星的"活动范围"

但在所有这些噪声中

我在哪里,等着云被吹走

飘啊飘啊飘啊飘啊飘进太阳

(嗝),我不希望云被那种热情

乐观的陈词滥调嗝回来,它

悬在那里始终预示着某种朦胧的

---

[1] 威廉·布莱克(William Blake,1757—1827),英国诗人、版画家。布莱克在世时基本未获得认可,现在他被认为是浪漫主义时期,诗歌和视觉艺术史上具有开创性的人物。
[2] 罗伯特·奥尔德里奇(Robert Aldrich,1918—1983),美国电影导演、制片人、编剧。《致命之吻》是由罗伯特·奥尔德里奇制片和导演的一部黑白片。

对我们天生黑暗的健康反应

我要让太阳一直等到夏天
既然我们的爱已进入象征深度
隐秘和神秘的黑暗地带
那就不坏,当光回归时我们将发现
新的季节意味着什么/当他人的演绎
在我们所给的基底上
再次兴起
   只要孤独时我们
仍然消磨着彼此

诗

那不是生气的表情那是生命的迹象
但我很高兴你在乎我看着你的样子
今天早晨(起床后)我想到总统
沃伦·G.哈定[1]跟贺拉斯·S.沃伦
街对面那个金发小女孩的父亲
和另一个金发的艾格尼丝·赫德伦德
(在她六年级的时候!)   什么

现在,这一天以柔和的灰色调开始
笨重的车流沿第五大道艰难前行
两包骆驼牌香烟在我的口袋
我想不起沃伦·G.哈定所做的
任何有趣的事情,我猜他在我们
笨重的历史课程中出现时我正在
给萨莉和艾格尼丝传纸条一切

似乎突然显得缓慢而无聊除了

---

[1] 沃伦·G.哈定(Warren Gamaliel Harding,1865—1923),美国第29任总统,任期为1921年至1923年。他原本是当时极受欢迎的美国总统,然而在他死后,一系列丑闻浮出水面,每一件都损害他的声望。他经常被评为美国历史上最糟糕的总统之一。

我对你没完没了的思索
比如你躺着熟睡彻底醉了优雅
如雾里的一座山丘,自一扇小小的
的窗户,没有阳光只是微微开启
似你的嘴和此刻你安宁的眼睛
你的呼吸就像那节历史课

A 大道

我们几乎再也看不见月亮
      所以难怪
 我们突然抬头时它那么美
它残缺的脸在那大桥上空滑行
光华流转,温柔,一阵凉风吹拂你
  额前的头发和你对瑞德·格鲁姆斯[1]的
    机车景观的记忆
我想喝点波旁 / 你想吃几个橘子 / 我爱诺曼
  给我的那件皮夹克
       和戴维[2]送你的那件
  灯芯绒外套,那比春天神秘,埃尔·格列柯[3]的
天堂裂开了然后重新组合像几只狮子
     在一片悲剧式的大草原上
 这与我们小小的自我和一月的大教堂里
我们暂时合拍的激情相去甚远

---

[1] 瑞德·格鲁姆斯(Red Grooms,1937—)美国多媒体艺术家,擅长用色彩丰富的波普艺术作品描绘现代都市生活的狂热场景。
[2] 戴维·梅尔策(David Meltzer,1937—2016),美国垮掉派和旧金山文艺复兴派诗人和音乐家。
[3] 埃尔·格列柯(El Greco,约1541—1614),西班牙画家,生于希腊克里特岛,尤擅长宗教画,以其拉长的人形和戏剧性的色彩运用而闻名。

一切都太容易理解了
这些是我细腻的表现爱情的诗歌
我想还有更多其他的要来,就像在过去
　　　　　　　那么多!
但现在月亮正展现自己像一颗珍珠
　　　　　　　　对我同样赤裸的心

既然我在马德里且能够思考

我便想到你
那明亮干旱的大陆
和那纤细的心你正与美国的空气分享我的那一份
当我感到胸肺响亮地回落缓缓迎接每一个早晨
而你棕色的睫毛颤动透露两个被纽约染色的美好黎明

看见一座巨大的桥梁延伸至谦卑的郊区只有你
　　站在紫色的边缘像一棵唯一的树

在托莱多橄榄林柔和的蓝色里望着披戴银色的山丘
　　像眼镜像一位年老妇人的头发
众所周知我跟上帝合不来
对我而言那只是黄铜制品之一景，我不关心摩尔人
通过你看见这伟大的死亡之作，你更伟大

你微笑着，你正在清空这个世界这样我们就可以独处

与你一起喝可乐

甚至比去圣塞巴斯蒂安[1],伊伦,昂代伊,比亚里茨,
　　巴约纳
或者在巴塞罗那的格拉西亚之行中我的胃感到不适
　　更有趣
部分因为你的橙色衬衫令你看起来像一个更好更快乐
　　的圣·塞巴斯蒂安[2]
部分因为我对你的爱,部分因为你对酸奶的爱
部分因为桦树周围那些荧光橙郁金香
部分因为我们的微笑在人们和雕像前呈现的隐秘
很难相信我跟你在一起时有什么东西能像雕塑一般
平静而庄严而令人不快地确定,当就在它前面
在纽约温暖的4点钟光景我们彼此间来回
游移像一棵树透过它的眼镜片呼吸

而肖像展上似乎根本没有人脸,只是颜料
你突然想知道为什么世界上有人会制作它们
　　　　　　　　　　　　　　　　　我看

1　圣塞巴斯蒂安(San Sebastian),西班牙城市,位于比斯开湾海岸。
2　圣·塞巴斯蒂安(Saint Sebastian,约256—288),早期基督教的圣人和殉道者。

着你而且我宁愿看你不看这世上任何肖像
除非偶尔可能看一眼《波兰骑手》[1]怎么说它也在弗里克
谢天谢地你还没去过这样我们就可以第一次一起去
事实上你的动作如此优美或多或少照顾到了未来主义[2]
就像我在家时从不会想到《下楼的裸女》[3]或者一次
预展中达·芬奇或米开朗琪罗的任何一幅素描以前常
　令我惊叹不已
所有关于印象派画家的研究对他们有什么好呢
反正太阳沉落时他们从来没找到合适的人站在树旁
或者说到这点马里诺·马里尼[4]雕刻骑手时并不像雕那
　匹马一样仔细
　　　　似乎他们都被骗走了某种非凡的经验
那经验不会浪费在我身上那就是为什么我跟你讲这个

1　《波兰骑手》（*The Polish Rider*），17世纪油画作品，大约创作于17世纪50年代，描绘一个年轻人骑马穿过昏暗的风景。此画现收藏于纽约弗里克美术馆，一般认为是荷兰画家伦勃朗的作品。
2　未来主义（Futurism），20世纪初起源于意大利的一种艺术和社会运动。
3　《下楼的裸女》（*Nude Descending a Staircase, No. 2*），法国画家马塞尔·杜尚（Marcel Duchamp, 1887—1968）1912年的绘画作品，被公认为现代主义的经典之作。
4　马里诺·马里尼（Marino Marini, 1901—1980），意大利雕塑家、画家。

歌

我被困在路上在出租车里
这是很典型的
非只关于现代生活

泥泞爬上我神经的脉络
情欲的爱人必须以维纳斯收场吗
必须吗?不是非得如此,我告诉你

我多么讨厌疾病,就像担忧
变成了现实
而这绝对不能发生

在一个你可能在的世界
我的爱
告诉我,我们不会出任何差错

五首诗

    *

好了现在,等一下

可能我根本不会去睡

这将是一个美丽的白夜

要不然我的神经

将彻底崩溃然后冷静

如一块地毯或一瓶药片

或者突然我会离开蒙托克

游泳并热爱它不管是在哪里

    *

一份午餐邀请

你觉得怎么样?

此时我只有十六美分

和两包酸牛奶

这当中有个教训,是不是,就像

中国诗歌里那样,当一片树叶落下?

把酸奶留着直到最后

一刻,那时一切可能好起来。

*

在圆形广场他们正在吃

一种牡蛎,但现在

我们顺便去看一些

雕塑和绘画

伴着卡多雷牡蛎破开的声音

和瓦雷兹[1]的音乐

好吧阿道夫·戈特利布[2]我猜你

是今天的主角

还有鹿肉和比尔[3]

我将趴在酸奶上睡觉并梦见波斯湾

*

我做得真是太好了

再次躺在床上,一次

敲门声意味着"嗨,你好"

走在震耳欲聋的街上

---

1 埃德加·瓦雷兹(Edgar Varèse,1883—1965),法裔美国作曲家。
2 阿道夫·戈特利布(Adolph Gottlieb,1903—1974),美国抽象表现主义画家,雕塑家和版画家。
3 比尔,即威廉·克雷格·伯克森(William Craig Berkson,1939—2016),美国诗人、评论家。

穿过贫民区前不久地铁犯罪者
留下的炸弹爆炸的地方
我知道为什么我爱出租车,是的
地铁只是在你感觉到性感时才有意思
《蓝天使》[1]之后谁还会觉得性感呢
好吧或许还有一点儿

  *

我似乎是在反抗命运,或者说我在逃避?

---

[1] 《蓝天使》(*The Blue Angel*,1930),德国电影,改编自亨利希·曼(Heinrich Mann)的小说《垃圾教授》(*Professor Unrat*)。

诗

O sole mio[1]，酷毙了，拒绝"我宁愿我能行"
来看电视里《跳起你的舞步》——海伦·摩根?! 格伦达·法瑞尔?![2]
1935?!
　　这让我想起我第一次理发，或一棵榆树什么的！
或者，我祖母从佛罗里达回来时我从自行车摔下来了吗？

　　你知道我总是想让事情变得美好
　　而现在，它们变了，这回！

1　O sole mio，意大利语"我的太阳"，此处保留原文，应是作者的哼唱或者感叹。
2　《跳起你的舞步》(*Go into Your Dance*)，1935年上映的一部美国音乐电影。海伦·摩根(Helen Morgan，1900—1941)与格伦达·法瑞尔(Glenda Farrell，1904—1971)是出演该片的两名女演员。

歌

你看见我走过别克修理厂了吗?
我正想起你
在炎热中喝一杯可乐,那是你的脸
我看见在电影杂志上,不那是费比安的
我想着你
在铁轨处往下,车站
神秘地消失
我想着你
巴士在暮色中驶离
我想着你
此时,此刻

脚 步

纽约你今天真滑稽

就像《摇摆乐时代》里的金吉·罗杰斯[1]

或圣布里吉特教堂[2]的尖顶稍稍向左倾斜

此时我刚刚从一张充满胜利日[3]的床上跳下

(我厌倦了登陆日[4])蓝色的你在那里

仍旧接受我愚蠢而自由

我只想在上面有个房间

而你在里面

甚至交通拥堵得这么厉害也是让人们

彼此接近的一种方式

既然他们的外科器具锁着

他们就待在一起

度过一天剩下的时间(多好的一天)

---

[1] 《摇摆乐时代》(Swing Time),1936年上映的一部以纽约为背景的音乐喜剧电影,金吉·罗杰斯(Ginger Rogers)为片中主演之一。
[2] 圣布里吉特教堂(St. Brigid's),即 St. Brigid's Roman Catholic Church,位于美国纽约曼哈顿B大道119号。
[3] 胜利日,第二次世界大战胜利纪念日,美国及西欧国家定于每年的5月8日,俄罗斯等东欧国家定于每年的5月9日。
[4] 登陆日,也叫诺曼底登陆日,定于每年6月6日,为纪念第二次世界大战中盟军登陆诺曼底(1944年6月6日)。

我去查看幻灯片然后说

那幅画不是那么蓝

拉娜·特纳[1]在哪儿

她在外面吃饭

嘉宝在大都会艺术博物馆的后台

每个人都要脱掉外套

让肋骨观察师看她们的胸腔

公园里到处是舞蹈家她们的紧身衣和鞋子

在小袋子里

她们经常被误认为是西区 Y 出来的工人

匹兹堡海盗队

为何不大喊大叫因为他们赢了

某种意义上说我们都在赢

我们还活着

那公寓被一对同性恋情侣腾空

他们搬到乡下去玩了

他们搬早了一天

就连刺杀事件也在帮助人口激增

即便在有责任的国家

所有那些撒谎者离开了联合国

西格拉姆大厦不再是利益的竞争对手

---

[1] 拉娜·特纳（Lana Turner，1921—1995），美国女演员。

不是说我们需要酒(我们就是喜欢)

一个小箱子放在外面的人行道上
旁边挨着熟食店
这样那老人就可以坐在上面喝啤酒
然后在一天晚些时候被他的妻子制止
而这时太阳仍照着

哦上帝,从床上起来
去喝太多咖啡
抽太多烟
并多多爱你真是
太美妙了

万福玛利亚 [1]

美国的母亲们
     让你的孩子去电影院
将他们赶出房间这样他们就不会知道你在干什么
新鲜空气有益身体是真的
      但要说到灵魂
它生长于黑暗,以银色的幻象浮现
而当你老去随着你变老
     他们不会恨你
也不会指责你他们不会知道
      他们将在某个迷人的
他们最早在一个星期六下午或逃学中看见的乡村
他们甚至可能感激你
     为他们的第一次性经验
只花了你二十五美分
     且没扰乱家里的宁静
他们会知道哪里有糖果
      和成袋免费的爆米花
就像无缘无故在电影结束前离开

---

[1] 万福玛利亚(*Ave Maria*),又译为"圣母颂",是天主教对耶稣的母亲圣母玛利亚表示尊敬和赞美的一首歌,是天主教最经典的歌曲之一。

和一个令人愉快的陌生人他的公寓在威廉斯堡大桥
附近的"人间天堂"
　　　　　　　　　　哦母亲们你们将使这些小淘气鬼
如此开心因为要是没人从电影里将他们带走
他们就不会知道那种不同
　　　　　　　　　要有人这样做那就是天赐美意
但不管怎样他们将得到真正的娱乐
而不是在院子里转来转去
　　　　　　　　　　或在他们的房间里
　　　　　　　　　　　　　　　过早地
恨你既然你还没做出过任何苛刻至极的事情
除了让他们远离生命中更深层的快乐,
　　　　　　　　　　　　而后者不可原谅
所以请别怪我假如你不接受此建议
　　　　　　　　　　　而家庭破裂
或者你的孩子老大不小却懵懂于电视机前
　　　　　　　　　　　　　　看着
他们小时候你不让看的电影

按计划

第一杯伏特加下去
你就能接受生活中任何东西
甚至你自己的神秘感
一盒火柴是紫色和棕色
被称为 La Petite 来自瑞典
你认为很好因为那是
你知道的词语而且你知道的
只是词语而非它们的感觉
或者意思而你写是因为
你知道它们并非因为你懂得，
因为你不懂你又蠢又懒
永远不会伟大你只是
做你所知道的因为还有什么？

玉米类

于是雨降下来
滴落得到处都是
在那里它发现一座小小的岩池
它用泥土将之填满
然后玉米长出来
一名青春的贝蒂·戴维斯[1]坐在下面

读一卷威廉·莫里斯[2]的书
噢生殖力！西方世界的钟爱
你在中国不大受欢迎
尽管他们也性交

而我是否真想要个儿子
继承我的白痴经过号角之门[3]
可怜的孩子　一份惊人的负载

然而这可能偶然发生

1　贝蒂·戴维斯（Bette Davis，1908—1989），美国女演员。
2　威廉·莫里斯（William Morris，1834—1896），英国艺术家、纺织设计师、诗人、小说家和翻译家。
3　号角与象牙之门，是一种文学意象，这一说法起源于希腊（最早出现于《奥德赛》第19卷），用来区分真实的梦（与真实事物相对应）与虚假的梦，真实的梦被说成是从号角之门进来的，虚假的梦是从象牙之门进来的。

然后他将那负载每天举高一点
随着我变得越来越白痴
他成长为一个很强壮的男人
有一天当我死去他携着
我最后的白痴甚至那些门
进入一种他选择的未来

但威廉·莫里斯怎么办呢
你们怎么办呢百万烦恼
贝蒂·戴维斯怎么办
一晚与威廉·莫里斯一起
或是在塞缪尔·格林伯格[1]的世界

哈特·克兰[2]怎么办
留声机唱片和杜松子酒怎么办

"怎么办"怎么办

你为我所有,就是这样
而那就是生殖的意义
坚硬而湿润而呻吟

---

[1] 塞缪尔·格林伯格(Samuel Greenberg,1893—1917),奥地利裔美国犹太诗人、艺术家。格林伯格在纽约市下东区的贫民窟长大,生命中的最后几年在慈善医院里度过,死于肺结核。
[2] 哈特·克兰(Hart Crane,1899—1932),美国诗人。克兰因为改写格林伯格的几首诗,引发了主流批评界对他的关注,其中最著名的是将《品行》(*Conduct*)改写成《品行的象征》(*Emblems of Conduct*)。

玛丽·德斯蒂的屁股[1]

曾经在拜罗伊特
我们是瓦格纳一家非常好的朋友
一次我走进去
完全因为伊莎多拉[2]
她再也不允许我跳舞了
在拜罗伊特就是那样

在哈肯萨克[3]的情形
则不同
在那里你永远别干任何事
每个人都憎恶你总之
很有趣,也很明显
你知道你自己站哪边

在波士顿你从来没真正站过
我大多是躺着
可笑的是每时每刻都

---

1 玛丽·德斯蒂(Mary Desti,1871—1931),舞蹈家伊莎多拉·邓肯的女伴。
2 伊莎多拉·邓肯(Isadora Duncan,1877—1927),美国舞蹈家,现代舞的创始人。
3 哈肯萨克(Hackensack),美国新泽西州城市名。

躺着对每个人来说
就像锻炼一样

在弗吉尼亚诺福克[1]锻炼
带有某种意味
意思是你跟一名老黑上床了
好吧这就是锻炼
唯一区别是比在波士顿好一些

在辛辛那提
我正在街上走着
碰见肯尼斯·科克的母亲
刚从伊斯坦布尔希尔顿酒店出来
她喜欢我我也喜欢她
我们都喜欢伊斯坦布尔

然后在沃基根[2]我遇见一个家具制造商
而这事使所有快乐的美梦从我脑中破灭
就像被猛地按在
一把椅子上
就像某种你没料到的可怕的事情
那种最可怕的事情

---

1 诺福克（Norfolk），美国弗吉尼亚州城市名。
2 沃基根（Waukegan），美国伊利诺伊州东北部城市名。

在新加坡我得了一种糟糕的

疾病,长疙瘩倒是有趣

可它们进入我的血管

维苏威火山般上升到表面

治疗的过程就像是学抽烟

然而我始终爱巴尔的摩[1]

门廊弄伤了你的屁股

不,是那些台阶

OK反正只要他们停止擦洗

你就会有个湿屁股

在弗里斯科[2]我看见

"芭蕾舞宝宝"图玛诺娃[3]只是

她看上去像一头母牛

我不了解芭蕾舞历史但那

未必能给我多少教益

现在假如你觉得你想和东京

打交道

---

1 巴尔的摩(Baltimore),美国马里兰州北部港口城市,作者的出生地。
2 弗里斯科(Frisco),美国加利福尼亚州旧金山市的别名。
3 塔玛拉·图玛诺娃(Tamara Toumanova,1919—1996),俄罗斯裔美籍芭蕾舞女演员,10岁时即在巴黎歌剧院首次登台演出。

你真的有事情要处理
那就像午夜的时代广场
你不知道你要去哪儿
但是你知道

然后在哈尔滨我知道
如何表现得体那很荣幸
那是爱穿过雪偷偷靠近我
而我感觉到是因为所有
明信片和微笑和亲吻和爱的咕哝
但是我继续旅行

诗

布满软毛和噪声的双生球体
柔软地滚上我的肚子安歇在我胸前
接着我口中充满了太阳
那柔软似乎更先于那坚硬
那惯于说太多话的嘴
最终讲起中国古代的柔情
和那种形式之爱诸多奥德修斯
每一根卷须上覆盖珍珠般的精液
你的头发像冰风暴[1]中的一棵树
喷射　我奉上不朽的火花喷射
你赋予我的生命那种古代人爱的形式
那些太阳微笑着穿越天空
作为你的战车我很快变成了神话
我们是在哪个天堂栖息了这么久
必须尽快被发现并消失

---

[1] 冰风暴，冻雨的另外一种叫法，也叫雨凇。

圣保罗及其他[1]

一脸局促　微笑着

      我走进去

      坐下来

      面对电冰箱

这是四月

不　五月

是五月

这种小事必须在早上确定下来

在夜晚的大事之后

      你想让我来吗？当我

想到我一直在想的所有事情时感觉很疯狂

简单说"伯明翰的生活就是地狱"

        简单说"你会想我的

        但那很好"

整整一代人的眼泪汇集在一起

也只够装满一只咖啡杯

       就因为它们蒸发

并不是说生活有热量

     "这各式各样生活梦想"

1　圣保罗（Saint Paul），美国明尼苏达州首府。

我的生活充满了你
　　　　　　充满焦虑的愉悦和愉悦的焦虑
坚硬和柔软
　　　　　你说时我倾听你读时我说话
我读你所读的东西
　　　　　你不读我所读的
那也对，我是有好奇心的那个
　　　你阅读是为某种说不清的原因
　　　　　　我阅读只因为我是个作家
太阳不一定是落下，有时它只是消失
　　　你不在这儿时某人走进来说
　　　　　　　　　　　　"嗨，
那床上没有舞蹈家"
　　　　　　噢波兰的夏天！那些草稿！
　　　　　　那些黑牙齿和白牙齿！
你说你会来时你从不来但另一方面来说你的确来了。

散文小诗

你知道吗或许那首老歌"他是个陌生人"
在游吟诗人时期很流行使得人们滥交
即便那年月没有地铁然后是
这首歌,她继续说
"你杀了我的心,小流氓"
你想起来会觉得很怪
我不相信教会能认可这种东西
而且被唱到了广播里后来演变成
"你可知道那
橙花盛开的乡村"
一种难以想象的情愫
对米尼翁[1]来说!一个坏小子!
我一路走着怀想这些情景,来到了一个垃圾场
倒下来的混凝土圆顶上
满是孩子们的涂鸦
其中最有趣的一句是
"我把你吃光了"
不算多有趣的垃圾场

---

1 《米尼翁》(*Mignon*)是由法国作曲家昂布鲁瓦·托马斯(Ambroise Thomas,1811—1896)创作的三幕喜歌剧。米尼翁是剧中的女主角。

于是我继续追循我的思"路"
"你一直是我的爱,自从……"哦不,不是
那个,然后"我感觉有点儿……"
哼哼唱唱……
然而只是走,不停地走,对我狂躁的神经似乎还不够
于是我哼起《啤酒桶波尔卡》
一路上蹦蹦跳跳
裹着长及脚跟的围巾
很快就被一只门把手挂住

我又回到城里了!
长出一口气!
我钻进最近的电影院看了两场很棒的西部片
但是,唉!这就是我记得的,我在路上造的这首非凡的诗
你为什么在读这首诗,倒是?

莫扎特衬衫

比如你走进去晕倒了
你正在和非洲成为一体
我看见苏打水在那匹拜伊种马旁站立
它还在冒泡上面有个所谓的头
然后我去门廊喝了一杯双碳酸波旁威士忌
月光下的杨树看起来像一叶兰
在这片不谙尘世的湖上
等等,等一下,一切在窃窃私语
但我知道那一直令我很难过
外面一大片锡箔似的天空也让我恼火
我的愤怒完全是欧洲式设计
现在我干吗要起来跳舞呢
你看一切都非常美

重点在泡沫,湖里的泡沫,我内心的泡沫
幸运的是当这湖这树在引诱我时
我没有任何的白色紧身裤
回到牧场他们正供应起泡的杜松子酒于是我沿小路跑过去
那么短一条小路
那么甜美的干草在你耳中热热的气味
噢世界为何你如此容易估算
这地下有某种美好之物

我已经受够了天空
如此平淡无奇
美国这地方
人人都觉得自己能升天
把你的耳环戴上我们去火车站
我不管他们住的房子是多小
你没有任何耳环
我没有一张车票

锯形诗

我在锯木厂后面躲开人们的视线

没人看见我,因为那瀑布,大门,水闸,旅游船只

孩子们将手指拖在水里

天鹅们,高贵而机灵,夹着他们"小小的"手指

我听到一只天鹅说"啃着挺不错

虽然它们没香肠那么有趣"而另一个

回答"也不如那次我们从大象身边赶开的那些农民有味道"

但那天我真的不想说什么话

我想一个人待着

那就是我最早去锯木厂的原因

现在我独自一人并厌恶这点

我不想我的余生只是加工木板

我感到苦恼

水很漂亮但你不能进去

因为很黏

那只狗一直在翻滚,我喜欢狗用它们的"小"脚站立

我想我可能跑去温尼伯见雷蒙德

但锯木厂会怎么样呢

我看见蜘蛛网已经结起来了

以后还有其他那些网,那些可怕的捕食的网

假如我就待在这儿我迟早会上报纸

像弗罗斯特那样
柳树,柳树它们让我想起**苔丝狄蒙娜**[1]
我太他妈文学了
同时这奔涌而过的河水让我什么也不记得我空虚得要死
整个这臭皮囊有什么用
我们都沿这快乐时光之河顺流而下
闪避而支撑而颠簸而下沉而漂浮
然后我们到达海边
那糟粕便是沙子
孤单如一棵树撞上暴风雨中的另一棵树
也不算真的孤苦伶仃,是不是?署名:"锯"

---

[1] 苔丝狄蒙娜(Desdemona),莎士比亚悲剧《奥赛罗》中的女主人公。

昨天在运河边 [1]

你说每种事物都很简单有趣

这让我感到很是神往,像读一部伟大的俄罗斯小说

我现在无聊透顶

有时就像看一部烂片

其他时候,更多像是,得了急性肾病

天晓得它与心脏无关

与比我自己有趣的人无关

叽叽歪歪

真是好笑的想法

一个人如何能比他自己有趣

又如何不能

我能借你的四五式手枪吗

我只要一颗子弹最好是银的

假如你没法让自己有趣至少能成为一个传奇

(但我讨厌所有那种扯淡)

---

[1] 指的是横跨纽约中部的伊利运河(Erie Canal),全长363千米。

玄言诗

你想什么时候去
我并不确定我想去那里
你想去哪儿
随便哪儿
我想我在别的任何地方都会崩溃
好吧假如你真想去那我就去
我不是特别在意
可你在其他任何地方都会崩溃
我可以就回家
我实际不在乎哪儿
但我不想强迫你去那里
你不会强迫我我也情愿
反正我待不了多久
或者我们可以去近点的什么地方
我没穿夹克
就像你以前没打领带
好吧我没说我们非得去
你穿没穿我并不介意
实际我们不是非得做什么
那好吧我们别去了
OK 我会打电话给你
好的给我电话

拉娜·特纳崩溃了!

拉娜·特纳崩溃了!
我一路小跑着突然
下起了雨夹雪
你说那是在欢呼
但欢呼结实地打在你
头上所以的确是雨
夹雪而我匆匆赶着
去见你但交通
表现得就像这天气
突然我看见一行标题
拉娜·特纳崩溃了!
好莱坞没有雪
加利福尼亚没有雨
我参加过许多的派对
表现得全然不体面
但我从来没真的崩溃
哦拉娜·特纳我们爱你站起来

初学跳舞

1

他从后面抓着她的腰
扶着她,她淡紫色的腰
沾满了泪水,睫毛油
正淌下来,脖子因为
下垂而疲倦。她飘浮着
机械地踩着节奏,然后突然
她在那儿活过来露出笑脸。
那对他是多大的满足啊
她曾那么绝望当他
的手环绕她像一根柱子
被撑在空气中
在他之后将变成岩石
一般厌倦,但要等经过
若干个他之后而他已不在那里。

2

宾治酒盆在衣帽间附近
所以男孩们可以从斗篷里
拿出几品脱啤酒倒进去。

外面的树枝歇斯底里
抽向枝形吊灯,总是被
担心的窗户挡开。枝形吊灯
咯咯咯傻笑起来。介绍
有很多但邀请很少。我发现
我外套上有一点油漆就像
别人发现有青春痘。跳舞
容易甚至一起跳也容易
有时。我们那么年轻、丑陋
我们知道,每个人都知道。

3
一座教堂里的白色大厅。勇气。

为幸运饼干而作[1]

我觉得你很棒其他人也都这么想。

就像杰奎琳·肯尼迪[2]生了个男孩,你也会的——甚至更大。

你将遇见一个好看的高个儿金发陌生人,但你不会跟他
说 Hello!

你将做一次长途旅行而且你会很快乐,虽然独自一人。

你将和第一个跟你说你眼睛像炒鸡蛋的人结婚。

初始时有你——你永远都会在,我猜。

你将写一部伟大的戏剧,它将上演三场。

请立即给《乡村之声》打电话:他们想采访你。

罗杰·L.斯蒂文斯[3]和柯米特·布卢姆加登[4]都在盯着你。

放松点;你一次最著名的神经抽搐将使你

前功尽弃。

你第一本诗集一写完就会出版。

你可能是上城区的红人,但在下城区你是传奇!

---

1 幸运饼干(The Fortune Cookies),用一层薄面团折叠后烤制的脆饼干,里面包着一张写有算命预言或格言的纸条,也叫签语饼干或占卜饼干等。
2 杰奎琳·肯尼迪(Jacqueline Kennedy,1929—1994),美国第35任总统约翰·肯尼迪的妻子。
3 罗杰·L.斯蒂文斯(Roger Lacey Stevens,1910—1998),美国戏剧制作人、艺术管理者。肯尼迪表演艺术中心和国家艺术基金会的创始主席。
4 柯米特·布卢姆加登(Kermit Bloomgarden,1904—1976),美国戏剧制作人。

你走路有一种音乐气质,将为你带来名声和财富。

你会吃蛋糕。

你觉得你是谁,这么说?约瑟芬·范·弗利特[1]?

你认为你的人生像皮兰德罗[2],但事实上很像奥尼尔[3]。

和詹姆斯·华林[4]一起上几节舞蹈课谁知道呢?可能会有事情发生。

不是你袜子上的一处脱丝,而是你腿上的一只手。

我知道你住在法国,但那不意味着你了解一切。

你应该多穿白色——那与你很相称。

下一个跟你讲话的人将有一个非常有趣的提议。

这房间里好多人希望他们是你。

你去过迈克·戈德伯格的展览吗?艾尔·莱斯利[5]的?李·克拉斯纳[6]的?

有时候,你的无私似乎并不真诚,在陌生人看来。

---

1 约瑟芬·范·弗利特(Josephine Van Fleet, 1915—1996),美国女演员。
2 路易吉·皮兰德罗(Luigi Pirandello, 1867—1936),意大利剧作家、小说家。1934年获诺贝尔文学奖。
3 尤金·奥尼尔(Eugene Gladstone O'Neill, 1888—1953),美国剧作家,表现主义文学的代表作家,美国民族戏剧的奠基人,1936年获诺贝尔文学奖。
4 詹姆斯·华林(James Waring, 1922—1975),美国舞蹈家、现代舞编导、服装设计师、戏剧导演、剧作家、诗人和视觉艺术家。
5 艾尔·莱斯利(Alfred Leslie, 1927—),美国艺术家、电影制片人,最早作为抽象表现主义画家获得成功,20世纪60年代初改变方向,成为现实主义具象绘画画家。莱斯利与奥哈拉合作完成电影《最后的干净衬衫》。
6 李·克拉斯纳(Lee Krasner, 1908—1984),美国抽象表现主义画家,尤擅长拼贴画。

现在选举结束了,你自己怎么打算?
你是牛角面包厂的一名囚犯而你热爱它。
你吃肉。为什么你吃肉?
地平线之外是一片幽暗的山谷。
你也能当上法国总理,只要……只要……

幻想诗
——诚致艾伦·金斯堡的健康

你觉得阿道夫·多伊奇[1]的音乐

      如何？我喜欢，

超过对马克斯·斯坦纳[2]。就他的

《北方追击》[3]配乐来说，赫尔穆特·丹丁主题

是……

  然后窗户掉在我手上。埃罗尔·弗林

正滑雪经过。那艘冷峻的

    灰色潜艇

在"寒冷的"冰面下渐渐下沉。

      赫尔穆特

安全上岸，在冰上。

    这一切会引向怎样的

梦境，怎样不可思议的雪屁幻想？

       我

不知道，我停止像一只雪橇狗一样思考。

---

[1] 阿道夫·多伊奇（Adolph Deutsch，1897—1980），美国作曲家、指挥家和编曲家，出生于英国，1911年移民到美国。

[2] 马克斯·斯坦纳（Max Steiner，1888—1971），美国戏剧和电影作曲家、指挥家。出生于奥地利，是一名音乐神童，12岁时指挥了他的第一部轻歌剧，15岁时成为全职专业人士，被誉为"电影音乐教父"。

[3] 《北方追击》（*Northern Pursuit*），1943年上映的美国电影，由拉乌尔·沃尔什导演，埃罗尔·弗林和赫尔穆特·丹丁主演，这部电影以第二次世界大战初期的加拿大为背景，试图揭露纳粹反对盟军的战争阴谋。

主要是讲一个故事。
     那几乎
非常重要。想象一下
    逃离雪崩
在早期电影中。我是留在加拿大那名
唯一的间谍,
      但并非因为我独自在雪地里
就意味着我是纳粹。
     我们来看看,
两片阿司匹林一片维生素 C 和一些小苏打
应该就可以了,那实际是一种
       消食片。
艾伦从浴室里出来
     吃药。
我想象有人在我滑雪板上抹黄油
而不是蜡。
    哦!棚屋在枞林中快倒了,
这儿还有一个胖乎乎的间谍。他们
派他来没告诉我。
     好吧,那就照顾他,
伙计那些哈士奇饿了吧
     艾伦,
你感觉好点了吗?是的,我对赫尔穆特·丹丁
很着迷
   但我很高兴加拿大仍保持自由。
只是自由,仅此,永远别跟电影过不去。

图书在版编目（CIP）数据

紧急中的冥想：奥哈拉诗精选／（美）弗兰克·奥哈拉著；李晖译．— 北京：北京联合出版公司，2021.1
ISBN 978-7-5596-4644-6

Ⅰ．①紧…　Ⅱ．①弗…②李…　Ⅲ．①诗集—美国—现代　Ⅳ．① I712.25

中国版本图书馆 CIP 数据核字 (2020) 第 219484 号

紧急中的冥想：奥哈拉诗精选

作　　者：[美] 弗兰克·奥哈拉
译　　者：李　晖
出 品 人：赵红仕
责任编辑：夏应鹏
特约编辑：袁永苹　王文洁
封面设计：孙晓曦　pay2play.design

北京联合出版公司出版
(北京市西城区德外大街 83 号楼 9 层　100088)
北京联合天畅文化传播公司发行
山东临沂新华印刷物流集团有限责任公司印刷　新华书店经销
字数 128 千字　860 毫米 ×1092 毫米　1/32　7 印张
2021 年 1 月第 1 版　2021 年 1 月第 1 次印刷
ISBN 978-7-5596-4644-6
定价：52.00 元

版权所有，侵权必究
未经许可，不得以任何方式复制或抄袭本书部分或全部内容
本书若有质量问题，请与本公司图书销售中心联系调换。
电话：64258472-800